「この手で、誰よりも幸せにしてやりたい。」

Contents

ワケあって、
変装して学園に
潜入しています
1
hensou shite gakuen ni
sennyuushiteimasu

第一章
ワケあって、変装して学園に潜入しています

「あなた生意気なのよ!!」

エメロード国、王立学園の校舎の裏庭にて。

数名の令嬢に取り囲まれてそんなふうに責め立てられたセシアは、腕を組んで彼女達を睨みつけた。

「あら。具体的にどのへんが？　家柄かしら？　容姿かしら？　それとも成績かしら」

複数で取り囲めば大人しくなる、と考えていた深窓の令嬢達は、ちっとも怯んだ様子のないセシアのふてぶてしさに閉口する。

ちなみに現在セシアは、セリーヌ・ディアーヌ子爵令嬢に変装している。

蕩けるような蜂蜜色の髪に、海のように美しい青の瞳が特徴だ。本来のセシアは黒髪に紫の瞳だが、これは魔法で変えてある。

貴族の令嬢だからといって学園に通うことは必須ではないのだが、卒業実績があると箔がつくため、王都では多くの令息令嬢が学園に入学するのが通例だ。

本物のセリーヌが学園に通うのを嫌がったため、ディアーヌ子爵に依頼されたセシアが学園に通っているのだった。

そりゃ嫌だろうな、というのがセシアの感想だ。

セリーヌの婚約者、侯爵令息レイモンド・チェイサーは学園中の令嬢の憧れの的だ。

文武両道・容姿端麗と称えられる貴公子で、おまけに生徒会の会長。

この国では正式に社交界に出る前ならば、婚約相手が変わることもよくあるため、セリーヌをその座から引きずり降ろそうとする輩(やから)の多いこと多いこと。

背格好と容姿が似ているセシアを影武者に仕立てたディアーヌ子爵の行動は、褒められたものではないが、適切な対応と言えた。

日常的な嫌がらせと、裏庭に呼び出される毎日。

教科書やノートがビリビリに破られる、だなんて日常茶飯事すぎて、セシアは修復魔法にかけては教師よりも上手に出来る自信がついたほどだ。

セシアのふてぶてしさに負けずに、一人の令嬢が口火を切る。

「あなたはレイモンド様に相応(ふさわ)しくない、と言っているのよ」

「あら、ではあなたならば相応しいと仰(おっしゃ)るの？　ロザリー・ヒルトン伯爵令嬢」

同じクラスではないけれど、一学年にさほど人数がいるわけでもない。学内の生徒の顔と名前、親の爵位は一通り頭に入れている。

「ええ、わたくしは伯爵令嬢。子爵家の娘であるあなたは、本来ならば言葉を交わすことも許されない相手なのよ」

ロザリーの口上に、セシアはにっこりと微笑む。

どうしてお嬢様というのは、どいつもこいつも同じことばかり言うのだろう？　お嬢様のイジメの手引きでもあるのだろうか？　一度お目にかかってみたいものだし、逆に『お嬢様のイジメに対抗する手引き』をセシアが出版してやってもいい。実体験に基づくルポルタージュだ。

学園に入って二年。卒業間近のこの時期、セシアはイジメられっこのプロと言えた。

「ヒルトン伯爵令嬢様ともあろう方がご存じないわけありませんわよね？　学園の理念は、身分の違いなく平等。この学園の生徒であり敷地内にいる以上、私達はたとえ相手があのマーカス王子殿下であっても、対等なのです」

建前上は。

セシアは、国民に大人気の第二王子の名を出して応戦する。しかし実際は、貴族の子女が通う社交界の縮図と言えるのがこの場所だ。爵位が上の者とコトを構えるのは賢くない。

だが、戦い方はセシアに一任されているし、どうせ学園を卒業すればセリーヌはすぐにレイモンドと結婚することが決まっている。そうなれば、彼女は次期侯爵夫人。

今度はセリーヌが彼女達よりも立場が上になるのだ。ここで媚びへつらう必要はない。

つまり、徹底抗戦あるのみ。

自分達のほうこそ学園という揺り籠(かご)から出た時に、侯爵令息と婚約しているセリーヌをイジメた事実が不利に働くとは考えないのだろうか？

「まぁ！　王子殿下を引き合いに出すなんて恐れ多い……それが淑女の言うこと!?」

「そちらこそ、多数で一人を取り囲むだなんて、淑女のすることなのかしら」

彼女達も馬鹿ではない。

卒業が近づいている現在、セリーヌをなんとかしてレイモンドの婚約者の座から引きずり降ろさんと、嫌がらせは手を変え品を変え激化している。

「皆様、私のほうからレイモンド様に婚約破棄をお願いすることなんて出来ないのはお分かりでしょう？　彼は侯爵家の跡取り、私はご存じの通り子爵家の娘。家格的にこちらから婚約解消を願い出ることなんて出来ませんわ」

どうせ頑張るならばレイモンドを誘惑するほうに労力を注いで欲しい、というのがセシアの切なる願いである。

なにせ、嫌がらせの程度の低さにほとほとうんざりしているのだ。

イジメの手引き書には子供のような方法しか書いていないのか、教科書を破る、持ち物を隠す、必要な伝言を伝えない、など、やることなすことといちいち幼稚なので、犯人をとっ捕まえて報復することすら面倒なレベルなのだ。

「レイモンド様はお優しい方ですもの。あなたのほうからお願いすれば、角が立たないように婚約を解消してくださるのではないかしら？」

ロザリーに言われて、セシアは不愉快げに眉を寄せる。

おかしいな、言葉が通じない。

「皆様、お耳の具合はよろしくて？　それとも言語能力の問題かしら。私、公用語の発音は完壁だと先生方から太鼓判をいただいてますのに」

　セシアは強気な笑みを浮かべて、彼女達を皮肉る。

「失礼な……！」

　色めき立った令嬢の一人が、なぜか手にしていた花瓶の水をセシアにぶちまけた。

　ばしゃん！　と水がかかり、セシアは目を見開く。

　乾燥魔法はまだ苦手なのに！

「……よくもやってくれたわね」

　ギロリと花瓶を持つ令嬢を睨むと、ヒッ！　と彼女は短い悲鳴を上げた。

　セシアの信条は常に、徹底抗戦あるのみ。この場合リミッターは必要ない、びしょ濡れのセシアは誰がどう見ても被害者だろう。多少報復をしすぎたとしても、バレないようにすればいいのだ。

　そう、見えるところに外傷がなければ、いいのだ。

　セシアは、この場に雁首揃えている深窓の令嬢達とは生まれが違う。言葉や水程度では人を壊せないことを知っている。人を壊すには、心を壊すほうが早いのだ。

　にっこりと微笑んで、形のいい唇を開こうとした瞬間。

「皆様！　先生がこちらに向かってますわ！」

　少しハスキーな声がその場に響き、威勢のよかった令嬢達は蜘蛛の子を散らすように逃げていく。

逃げ足の速さは、なかなか潔い。「覚えてらっしゃい！」という定型の捨て台詞付き。やはり、なにか参考文献でもあるのだろうか？

誰もいなくなったその場でセシアが呆れて濡れた髪をかき上げると、角からひょっこりと顔を出した人物がいた。

「セリーヌ、大丈夫？」

「……マリア、あなたわざとあのタイミングで嘘を言ったでしょう？」

マリアと呼ばれた、燃えるような赤毛に翡翠色の瞳の生徒は、にこにこと微笑んでセシアに歩み寄ってくる。

「だって、あなたったらあの子達のこと、こてんぱんにしそうだったから」

「私が水を被る前に言ってちょうだいよ」

マリア・ホークは伯爵令嬢で、セシアの数少ない友人の一人だ。

類は友を呼ぶのか、あまり学園に来ないくせに試験の成績は学年で一番で、そのおかげで出席日数の不足を見逃されている優秀な不良である。

欠席が多い理由は生まれつき病弱で、と聞いているが今目の前にいるマリアは元気いっぱいにしか見えないので、怪しいものだ。

「最近激化してるみたいねぇ、あの子達。水を人にかけるなんて、生まれて初めてしたんじゃないかしら」

そう言って、マリアがセシアの髪に僅(わず)かに触れる。

すると、まるで吸いとるようにセシアの服や髪から水分が抜けていく。乾燥魔法だ。

「ちょっと、肌まで乾燥しちゃったんだけど？」

「あら、お礼を言うのが先じゃないの？　恩知らずな子ね」

「物陰から私がイジメられてるのをニヤニヤ見ていた人に言う、お礼の言葉は持ち合わせていないわね」

ふん！　とセシアがそっぽを向くと、マリアはころころと笑った。

「なかなか面白い演目だったわ。でもこの催(もよお)しが見られるのも、あと少しだと思うと寂しくなるわね……」

「わりとひどいこと言ってるって自覚ある？」

いい性格の友人をセシアが睨みつけると、睨まれた本人はどこ吹く風で優雅に微笑んでみせた。

「学園を卒業しても、私達仲良しでいられるわよね？」

きゅっ、と突然手を握られて、セシアは面食らう。普段滅多(めった)にスキンシップをとってこないマリアの、突然の行動に驚いたのだ。

マリアはセシアよりも背が高く、ほっそりとしていて、手はひんやりとしていて、セシアは

思わず両手でマリアの手を握った。

寒い季節に外に長時間いて、病弱だというマリアが体調を崩しては大変だ。

「……そう出来たら、いいわね」

「セリーヌ……」

マリアの翡翠色の瞳が、寂しそうに細められる。

セシアは、セリーヌじゃない。

セリーヌとして学園を卒業したら、セシアは本来のセシアに戻る。

その時に、マリアとは縁を切る必要があるのだ。

マリアだけじゃない、この学園で得た全てはセリーヌのものになり、セシアには代わりに多額の報酬が支払われる。

たかが二年。お嬢様のフリをするだけで、口止め料を兼ねて、贅沢をしなければ一生十分暮らしていけるだけの額が手に入る。

二年前には、大したことではないと思っていた。

ディアーヌ子爵家の屋敷に帰ると、セシアはまず制服からメイド服に着替える。

髪や瞳に施した色を変える魔法を解いて本来の姿に戻ると、セリーヌお嬢様の部屋に向かった。

「お嬢様、セシアです」

「入って」

部屋に入ると、中にはセリーヌの他にレイモンドもいた。

二人は親密にしていたらしく、サッとセリーヌが彼の膝から降り、レイモンドはルージュのついた唇を拭(ぬぐ)う。

爛(ただ)れてるなぁ、とセシアは思うが、あと数週間後には結婚する二人だ。目くじらを立てることでもないだろう。

「やぁセシア」

「レイモンド様」

声をかけられて、セシアは使用人としての礼を執(と)る。

品行方正とも称される〝レイモンド様〟だが、セシアから見れば、性欲も込みで年相応の普通の男だ。お嬢様と仲がいいのは、メイドの一人として喜ばしいと思うべきなのだろう。

「今日もご苦労様、セシア。変わったことはなかった？」

「いえ、特には。いつものように呼び出されはしましたが」

呼び出しは日常茶飯事だ、変わったことには分類されない。

セシアが答えると、彼女とよく似た面差しのセリーヌは美しい顔を歪(ゆが)めた。

「本当に飽きないのね、あいつら。またイジメてきた令嬢のことをリストアップしておいて。

わたくしが侯爵夫人になった暁には、倍にして返してやるんだから」

イジメの被害は全てセシアに受けさせるのに、被害にも遭っていないセリーヌが倍にして返す、というのは相変わらずいい性格をしている。

「君は怖いな、セリーヌ」

「あら、少しぐらい毒のある女のほうがレイモンド様はお好みでしょう？」

くすくすと笑ったレイモンドは、またセリーヌを引き寄せてキスをする。

ちゅっちゅっと濡れた音が部屋に響き、セシアが内心うんざりとしていると、セリーヌがキスの合間にふと顔を上げた。

「あら、まだいたの。もう下がっていいわよ、皿洗いがいないと厨房も困るでしょう」

「……失礼いたします」

セシアは頷いて、部屋を後にした。その足で厨房に行くと、今度は料理人達に怒鳴りつけられる。

「なにやってたんだセシア！　遅いぞ!!」

「すみません」

山と積まれた皿を見て、他の誰かが洗おうという気にはならないのだろうか、とセシアはまたうんざりとしたが、うんざりしていても皿は一枚も綺麗にならない。洗浄魔法では繊細な皿は割れてしまう可能性もあるため、セシアはこびりついた汚れを落とすべく、お皿を一枚一枚丁寧に洗い始めた。寒い時期に、水仕事はつらい。

ところで、セシアがセリーヌに顔立ちが似ているのは、当然なのだ。

セシアはディアーヌ子爵の実の姪であり、セリーヌの従妹だ。

母親はディアーヌ子爵の妹である、リリア。彼女が従僕と駆け落ちをして、生まれたのがセシアだった。だが不幸なことに両親は流行り病で亡くなり、母が言い残した言葉から伝手を辿ってセシアが子爵家に向かうと、リリアの兄であるディアーヌ子爵はセシアを親族として引き取ることを拒否した。

それも仕方がないことだと思う。何年も前に駆け落ちして逃げた妹の子など、息子ならばまだしも娘ではただ邪魔なだけだ。

しかし捨て置くには忍びなかったのか、一番位の低いメイドとして屋敷に置いてもらえることになった。位が低いので、給金はほとんどない。食事も残り物の残り物だし、着るものはメイドの制服以外には摩り切れたボロしか持っていない。

けれど、両親もおらず住むところもないセシアにとって、風雨をしのぐことの出来る寝床があるだけでもありがたかった。

やがて子爵家の娘であるセリーヌとレイモンドの婚約が成立し、セリーヌが「絶対に嫌がらせを受けるので学園に通うのは嫌だ」と言い始めた。

それを聞いた父親のディアーヌ子爵は、娘とよく似た面差しの姪のことを久しぶりに思い出したのだ。

じゃぶじゃぶと洗剤を使って皿を洗いながら、セシアは先ほど触れたマリアの手を思い出していた。

セシアの手はこの通り水仕事で荒れているため、あまり人と触れ合わないように気をつけている。見た目は誤魔化(ごまか)しているが、触れてしまえば貴族の令嬢の手ではないことがすぐにバレてしまうだろう。

けれど、マリアはなにも言わなかった。頭のいいマリアが、セシアの手が令嬢の手ではないことに気付かないはずがないのに。

「……もし、卒業しても……」

友達でいられたら。

叶わぬ望みを抱いて、セシアは小さく溜息をついた。

報酬を貰ったら、メイドは辞めることになっている。セリーヌによく似たセシアがいつまでも子爵家でうろうろしていては、変装して学園に通っていたことがバレる可能性があるからだ。

王都を出てどこか遠くの、セシアのこともセリーヌのことも誰一人知る人のいない地方の村にでも行って住むところを探そうと思っていた。

卒業を数日後に控えたある日。

さすがに令嬢達も自分達の卒業パーティの支度で忙しいのか、イジメてくる頻度が減っていた。

セシアは卒業パーティには出席しない。卒業証書を受け取るのは本物のセリーヌだ。そのため特にすることもなく、試験も終わり人気の少ない図書館でのんびりと本を読んでいた。

この二年、セリーヌに扮するために得た知識や、学園で勉強した内容は全てセシアの糧になっている。成績だって、マリアとレイモンドに次ぐ三位を必死になってキープしていたし、得た知識は失われない。学園で得たもので、セリーヌに奪われないのは知識だけだ。

「セシア」

そこで突然本名を呼ばれて、セシアは震え上がった。慌てて顔を上げると、そこにはレイモンドが立っていて、安堵と不満がない交ぜになる。

「レイモンド様」

席を立つと、淑女の礼をしてからセシアは声を潜めた。

「お嫌だとは思いますが、この場ではどうかセリーヌとお呼びください」

彼女がそう言うと、レイモンドはあっさりと笑う。

「そうだったね、ごめんごめん」

「いえ……」

セシアが視線を下げると、突然レイモンドが彼女の体を書架に押しつけた。

ぐ、と肩を押されて、痛みにセシアは顔を顰める。

「レイモンド様……？　一体なにを」

そこで痛いぐらいに胸を鷲摑みにされて、セシアの顔から血の気が引く。

「レイモンド様！　私はセリーヌお嬢様ではありません！」

小声で鋭く言うと、レイモンドはニヤリと笑った。舌なめずりをした彼は手の平を下ろしていき、今度はセシアの太ももにスカート越しに触れる。

「セリーヌじゃない？　じゃあここにいるお前は、誰だ？」

「は……」

「誰かに聞かれても、俺は婚約者と仲良くしていただけだと言う。お前は、なんて、言うんだ？」

言われた言葉に、セシアは青褪めた。

セシアはここに、セリーヌとしている。

騒いだところで、婚約者同士のちょっとした痴話喧嘩だと言われてしまえば、〝セシア〟に逃げ道なんてない。セリーヌとして学園に通うことが、報酬を貰う条件なのだから。

スカートをたくし上げられて、セシアは震える。

素肌に男の指が触れた瞬間、彼女は思わずレイモンドの体を突き飛ばしていた。

「っ!?」

「やめてください……！」

不意を突かれたレイモンドは、思わず尻もちをつく。

彼はセシアを見上げ、羞恥と怒りに顔を赤くして怒鳴った。

「お前……！　なにをしたか分かってるのか⁉」

素早く立ち上がったレイモンドは、セシアの髪を摑む。身体が震え、これ以上どう抵抗すればいいのか分からない。

目を潤ませて、しかし負けるわけにはいかずに彼を睨みつける。そこに、ふいに声がかかった。

「セリーヌ？　どこにいるの？」

レイモンドとセシアの耳にその声が届く。マリアの声だ。

チッ、と舌打ちしたレイモンドはセシアから手を離して、マリアがこちらに辿り着く前にその場を離れる。へなへなとその場に座り込んだセシアは、震える自分の体を抱きしめた。そこにちょうどマリアが駆けつける。

「セリーヌ！　大丈夫？」

書架の合間を去っていくレイモンドの背を睨んで、マリアはセシアのそばに跪（ひざまず）いた。

「あの男になにかされたの？　平気？」

気づかわしげにセシアに声をかけ肩に触れようと手を伸ばすが、マリアは途中で止めた。

「……セリーヌ、医務室に行く？」

「だいじょうぶ……なにも……なにも、されていないから……」

セシアが声を絞り出すと、マリアは痛ましそうに顔を顰めた。

「手を握っても、いい？」

「うん……握って……」

そっと差し出された小さなセシアの手を、マリアはしっかりと握る。

「セリーヌ……もしあなたにひどいことをする人達に仕返しをするなら、私も呼んでね？　必ず手伝うから」

「……なに言ってんのよ」

マリアの口から出てきた物騒な言葉に、セシアはほんの少しだけ笑う。

ひんやりとした大きなマリアの手の平に、セシアはひどくホッとした。


その夜、ディアーヌ子爵の屋敷に戻ったセシアは、セリーヌに思いっきり頬をぶたれた。

ばしん！　と音が響き、セシアの頬はすぐに赤く腫れる。

部屋にはレイモンドとディアーヌ子爵がいて、セリーヌは顔を真っ赤にして激しく怒っていた。

「……お嬢様」

「このっ……淫売!!　レイモンド様を誘惑するなんて、恥を知りなさい!!」

セリーヌに言われて、セシアはバッ、とレイモンドを見遣る。彼はニヤニヤと笑っていたが、セリーヌが彼のほうを見ると表情を改める。

「レイモンド様、申し訳ありません。この下賤なメイドが……！」

「いいや、構わないよセリーヌ。俺には君だけだ……しかし、学園内でセリーヌを演じているセシアに誘惑されて……きつく拒否して、周囲に本物のセリーヌと不仲だと思われても困るからね」

やれやれというポーズを取るレイモンドを、セシアは睨みつける。

「おや、反抗的な目だ。セリーヌ、子爵、もうこのメイドは必要ないのでは？　卒業式はもう明後日だ」

「そうね。もう自主登校期間だし、このままセシアは閉じ込めておきましょうよ、お父様」

セリーヌが言うと、ディアーヌ子爵も頷いた。

「そうだな、セシア。お前はレイモンド様を誘惑した。これは明らかな契約違反だ、よって報酬の件はなかったことと思え」

「!!　そんな……！」

セシアは慌てて声を上げる。

「二年もお嬢様の代わりを務めました！　それをなかったことにすると仰るのですか⁉」

「黙れ！　主の婚約者を誘惑するなんて、とんでもない淫乱だ！　鞭で打たれないだけありがたいと思え!!」

子爵に怒鳴られて、セシアは首を竦めた。

だが、そんなことを言われては、もう耐えている場合ではない。

「私が誘惑したわけではありません！　レイモンド様が急に私を襲ってきたのです！」

「黙れ！　自ら胸に手を招いてきたくせに、でたらめを言うな!!」

レイモンドにも怒鳴られて、セシアは怒りで心が燃え上がる。この男は、断りもなくセシアの体に触っておきながら、セシアのせいにしようとしているのだ。

「恥を知るのはそちらよ、レイモンド・チェイサー!!　断りもなく女性の体に触れておいて言い逃れしようなどと、家の名が泣くわね!!」

セシアが叫ぶとレイモンドは顔を赤くして怒り、足早にセシアに近づくと床に引き倒した。

「お前のような女が、俺と俺の家を侮辱するな！」

「……っは！　よく言う……」

セシアは床に腕をついて、なんとか身を起こす。

魔法の解けた紫色の瞳で睨みつけると、三人はグッ、と怯んだ。

「誰ぞ！　このメイドを物置に閉じ込めておけ!!」

ディアーヌ子爵の怒鳴り声が、屋敷に響く。

部屋に現れた使用人達がセシアを見て驚き、しかし主の命に従い彼女を拘束して連れ出した。

これ以上暴力を振るわれても困るので、セシアは大人しくそれに従う。

北側の陽の差さない狭い物置に押し込められて、ガチャンと無情に鍵のかけられる音を聞いた。

「……閉じ込められた、か」

だんだんと頭が冷えてきたセシアは溜息をつく。

レイモンドの行動が、思ったよりも早かった。傷つけられたことのないお坊ちゃんは、打たれ弱い。

セシアは魔法で小さな灯りを灯すと、古びた鍵を見遣った。昔ながらの、定型の鍵を差し込んで開けるタイプの鍵だ。ツメを回して解錠するタイプではないので、逆に魔法では開けにくい。扉ごと吹っ飛ばすことは可能だが、大きな音でセシアが逃亡したことがバレる。が。

「どいつもこいつも甘ちゃんばっかり。私を拘束したいなら、最低でも手足に魔法錠ぐらい掛けてくれなくちゃね」

セシアの内面には、消えることのない炎が燃え盛っていた。

報酬の件は口約束ではあったものの、替え玉のことを口外する可能性もある以上、まさか口止め料まで反故にされるとは思っていなかった。子爵のケチ臭さを舐めていた彼女の落ち度だ。

セシアはこの屋敷で一番身分の低いメイドだ。あらゆる雑用で屋敷中を駆けずり回ったおかげで、屋敷の細かな構造まで把握している。つつ、と壁に触れて、外に一番近い箇所に行き当たった。

「皆、纏めて後悔させてやるんだから」

いつでも、相手が誰でも、セシアは徹底抗戦あるのみだ。自分を守るものは、自分しかいないのだから。


それから一日が経った。

物置部屋には、通気用の小さな窓しかなく、それは子供でも通ることが不可能なサイズだったが、陽が落ちたかどうかが分かるのは助かった。

朝と夜の二回食事が出されるものの、タイミングがずれていれば体内時計が狂ってしまうので目視で日暮れを確認出来るのは幸いだ。

卒業祝いのパーティはもう明日に迫っている。使用人達はセシアを見張るように子爵から命じられてはいるが、そこまで暇ではない。

ケチな子爵は使用人を最低限にして、彼らを馬車馬のように働かせている。セシアもその一人で、メイドとは名ばかりでなんでもさせられた。

そんなケチなディアーヌ子爵のことだ、レイモンドからのいちゃもんがなかったとしてもなにかしら理由をつけてセシアへの報酬の件を反故にしていただろうことは、今となっては簡単に想像出来た。

「お金に目がくらむなんて、私も馬鹿だったわ」

セシアは唇を噛んで、壁に魔力を送り続ける。

壁を一度に壊すから騒ぎになるのだ。少しずつ薄紙を剝ぐように壊していけば、大きな音は出ない。

こういった魔法の応用も、セシアは学園で学んだ。多くは、嫌がらせへの対抗策として習得せざるを得なかった手段ばかりだが、かなり器用で細かいことまで出来るようになったと自負している。

「……まぁ、学園に通っている時間は雑用仕事からも解放されたし、学食も美味しかったし、数少ない友人と学内でお喋りするのは楽しかった……」

そうなにもかも、捨てたものではなかった。嫌な思い出は山ほどあるが、いい思い出だって、数えるほどならばある。

お嬢様のフリをすることも出来るようになったし、一般常識も貴族寄りのものだが知ることが出来た。学業は勿論、魔法もかなり上達した。

これならばここで逃亡したとしても、セシアのことを知る人がいない土地でなら十分にやっていけるだろう。

「でもまずは、私のことをコケにしてくれた連中に仕返ししてからじゃないとね！」

ぽん、とセシアが軽く壁を叩くと、小石が零れるような小さな音を立てて、壁に人一人が潜れるぐらいの穴が空いた。

翌朝。卒業祝いのパーティの当日。

朝から屋敷はセリーヌの支度で大わらわだった。この日のために準備したドレスや宝飾品。それを着付けるメイド達。

パーティには父兄も参加するため、子爵自身の支度だってある。

王都の王立学園の卒業祝いのパーティなので、国王陛下とまではいかないが名代として王子殿下が特別に出席することも既に発表されていて、生徒達はそわそわとしていた。

そんなバタバタした中セシアへの朝食を届ける暇のある使用人はおらず、当然彼女がいないことには誰も気付かなかった。それどころかセシアという下働きのメイドが一人足りないせいで、皆大忙し。

当然彼女はそれを見越して、昨夜のうちに逃亡していたのだ。

子爵邸に帰ってすぐに物置に閉じ込められたせいで、セシアは幸いにもメイド服ではなく学園の制服を着たままだった。そのため、まず素知らぬ顔で学園の門をセリーヌ・ディアーヌとしていつものように通過する。

しかしそこまでだ。無事学内に入ることには成功したが、そこから先はまだ無策。

とりあえず人気のない図書館の書架の陰に隠れ、どうしたものかと考えていると、突然男性の声が響いた。

「失礼ですが、セシア・カトリン嬢でしょうか？」

「……あなたは？」

声の主は、銀の髪に青い瞳の美青年。着ているのは上等な仕立ての執事服、若いながら落ち着いた物腰で、確信を持ってセシアに声をかけてきている。

「私は、マーカス王子の執事でクリスといいます」

「……王子、殿下の？」

セシアは意味が分からなくて眉を寄せた。来賓としてマーカス王子がこの学園に来ていることぐらいは知っているが、なぜセシアの名を知っていて、わざわざ声をかけてくるのかが分からない。

「……殿下の執事が、私になんのご用でしょう」

セシアが警戒しつつ訊ねると、クリスは薄い唇の両端を僅かに吊り上げて笑った。

「主より伝言です。仕返しするなら必ず手伝う、とのことです」

「!!」

いつか聞いたその言葉に、セシアは紫色の瞳を大きく見開いた。

夕暮れ時となり、卒業式典を滞りなく済ませた卒業生達はめいめいに着飾り、学内の大講堂へと集まってきていた。いつもは椅子がずらりと並ぶ厳粛な雰囲気の講堂だが、今はそれらは全て片付けられ、パーティ会場として豪奢に飾りつけられていた。

社交界を模したこのパーティは、卒業すればいよいよ大人として実際の社交界へ参加することになる卒業生達への餞ともなっている。

父兄も参加しているが、彼らはあくまで見守る側。今夜の主役は、卒業生達なのだ。

この日のために何週間も前から用意していたドレスを身に纏ったロザリー・ヒルトン伯爵令嬢は、仲のいい他の令嬢達と共にパーティが始まるのを今か今かと待ちわびていた。

侯爵令息であるレイモンド・チェイサーに熱を上げていたロザリーだったが、もう卒業。タイムリミットだ。

学園を卒業してしまえばレイモンドとセリーヌが婚約破棄など、それは大きなスキャンダルとなるだろうし、時折別の女生徒との火遊びを楽しんでいたレイモンドも大人しくなるだろう。だとしたら、レイモンドの線は完全にナシ。ロザリーは現実的な令嬢なので、これからは社交界で婚約者探しに勤しむ気満々だった。よりよい嫁ぎ先を見つけるために、彼女は卒業したらまず王城で貴人の侍女を務めることが決まっている。

今となっては、あの生意気な子爵令嬢、セリーヌ・ディアーヌをぎゃふんと言わせることが出来なかったことだけが心残りだ。

と、そこに、今考えていたばかりのセリーヌとレイモンドが連れ立ってロザリーの横を通り過ぎる。

その際に、セリーヌの持つ扇(おうぎ)がロザリーに当たった。

「痛い！」

「ちょっと、どいてよ。気が利(き)かないわね」

セリーヌに冷たく言われて、ロザリーは驚く。

勿論、ロザリーがいつもしつこくセリーヌをイジメていたのだから、彼女からいい感情を向けられるとは思っていなかったが、まるで虫でも見るような蔑(さげす)む視線を受けたのは初めてだったのだ。

「……あなたのほうこそ、もっと離れて歩きなさいよ。扇を当てたのは、あなたなのよ」

ロザリーがいつものように返すと、セリーヌの青い瞳が吊り上がる。

「あなた、伯爵令嬢よね。わたくしはレイモンド様と結婚すれば、侯爵夫人になるのよ？　そんなわたくしに楯突(たてつ)いて、タダで済むと思っているの？」

「!?」

ロザリーは思わず目を見開く。

彼女の知るセリーヌは確かにいつも強気ですぐに言い返してくる女だが、こんなふうにレイモンドの身分を笠に着て反論してくるのは初めてだ。

第一、レイモンドと結婚したところで彼の父親である侯爵はまだ現役だ。セリーヌがすぐに侯爵夫人になるわけでもないのに、随分偉そうな物言いだった。

「……あなた、本当にセリーヌ・ディアーヌですの？」

なんとなく、目の前にいるセリーヌが知らない女に見えて、ロザリーがついポロリとそう零す。

するとセリーヌはギロリとロザリーを睨みつけ、レイモンドの腕を引いた。

「それ以外の誰に見えまして？　あなた、頭だけじゃなく目も悪いのね。行きましょう、レイモンド様」

「ああ……」

ぐい、と腕を引かれて、レイモンドは引きずられるようにしてセリーヌと共に去っていく。

ロザリーと他の令嬢達は、その姿を呆然と見送ることしか出来なかった。

やがて、華々しい音楽が鳴り響き、司会進行役の教師が王子の登場を告げる。

生徒や父兄達も皆腰を落として臣下の礼を執り、尊い人の登場を待った。そうして現れた王子のそばにいた人物を見て、大勢の生徒と教師が目を見開く。

「マーカス・エメロード第二王子殿下並びに、パートナーのセシア・カトリン嬢！」

燃えるような真っ赤な髪に、翡翠色の瞳、長身のマーカス王子に手を引かれて壇上に現れたのは、長い黒髪に紫色の瞳をした、顔だけはセリーヌそっくりの女性、セシアだったのだ。

「え？　セリーヌ？」

「でも、セシア・カトリンって……」

生徒たちの間にざわめきが広がる。視線は壇上のセシアと、フロアにいるセリーヌとを行ったり来たりしている。

だが人々の動揺を気にした様子もなく、マーカス王子は皆の前に堂々と立つ。彼は美しく着飾ったセシアの腕を引き、従僕から乾杯用のグラスを二つ受け取った。

まるで愛しい想い人でもあるかのようにセシアを見つめ、グラスの片方を彼女に渡すと、マーカスはフロアを見遣った。

「皆、今日までよく学業に励んできた。そなた達優秀な若者がこの国の次世代を支えるのだと思うと、その礎の一人として誇らしく思う」

朗々と響く落ち着いた声はひどく魅力的で、セシアの登場に動揺していた会場は落ち着きを取り戻すと共に、第二王子の整った容貌に見惚れる。

「卒業おめでとう、乾杯！」

マーカスがグラスを掲げると、参加者も皆それに倣った。

あちこちでグラスを合わせる、キン、という高い音が響く。

「おめでとう、セシア」

マーカスはまるで会場の皆に見せつけるように傍らのセシアにそう言って、彼女の持つグラスに優しく自分のそれを合わせた。

「……」

セシアはちょっと困ったように笑うことしか出来ない。

まるで仲睦まじい恋人のように扱われているセシアだが、マーカスとは今日が初対面だ。

もっと言えば、数時間前に顔を合わせたばかりである。


クリスと共に図書館を出て案内された部屋にはマーカス王子その人がいて、彼はセシアを見ると開口一番、自分はマリアの近しい存在であり、マリアの代わりにこの場でセシアの力になる、と告げた。

「あの……マリア、は？」

セシアが驚きと共に友人の名を口にすると、マーカスは僅かに目を細めて微笑んだ。

髪や瞳の色も同じだし、整った顔立ちはマリアによく似ている。まさかマリアはマーカスの妹か、それに近い存在なのだろうか？

「今はいない。だが心配するな、なにもかも俺は心得ている。君をコケにした連中に、盛大に仕返ししてやろう」

まるで下街の悪童のようなことを言い始めた王子に、さすがのセシアも目を丸くする。

「いやいやいやいやいや！　恐れながら王子殿下！　私の個人的な復讐に王子のお力を借りるわけ

には……」

「なぜ？　マリアの友人は俺の友人も同然だ」

本当に何者なの、マリア！　とセシアは心の中でおっとりと微笑む友人に訊ねる。

「いや、でも、個人的な……本当に個人的なことなので、王子の……権力に頼るのは、違うのではないかと……」

セシアは目を泳がせる。

彼女がしたいのはセリーヌとレイモンド、そしてディアーヌ子爵をぎゃふんと言わせることだ。

学園中を騙してセリーヌとして通っていたことに関しては、セシアとて共犯だしそれを暴いたところでなにも利はない。金も手に入らないことだし、この煌びやかで華やかな大舞台で連中に盛大に恥の一つでもかかせてやってから、王都からトンズラしようと考えていたのだ。

マーカスは、視線を下げてしまったセシアの姿をじっと見ている。

セリーヌとして見つかっては困るため、図書館に隠れたところで既にセシアは本来の容姿に戻っていた。

セリーヌのように磨き上げられた金の髪に青い瞳の美女ではなく、顔立ちは似通ってはいるものの黒髪に紫の瞳の、セリーヌよりは地味な、まるで捨て猫のようなセシア。

「セシア・カトリン。それが本当の君の名前？」

マーカスに問われて、セシアは頷く。カトリンは、亡くなった父の姓だ。

「いい名だ。……君は勘違いしているようだから、訂正しておこう」

「ん？　はい？」

話がころころ変わるので、セシアはつい疑問を口にする前にマーカスの話を聞いてしまう。

これが人心掌握術の一つなのだとしたら、さすが王族、侮れない。

うきうきと話すマーカスは、実に楽しそうだ。

「俺は王子としての権力を使って、君の従姉や伯父を断罪しようとしているわけじゃないぞ？」

「え、そうなんですか？」

「そんなの簡単すぎてつまらないだろう？」

こんなこと言い出すのが第二王子で大丈夫かな、この国。

セシアが疑わしげにマーカスを見たが、彼の後ろに控えるクリスは平然としているので恐らくこの王子、これが通常運転なのだろう。

ますます大丈夫だろうか。マーカス第二王子殿下と言えば、国民に大人気のはずだが。

「人間って、なにをされるのが一番嫌だと思う？」

「……人によって違うのでは？」

「その通り。ならば人は他人を傷つける時、自分がされて一番嫌なことを相手にすると思わないか？」

「……まぁ、そうですね」

「では、簡単。レイモンド・チェイサーもセリーヌ・ディアーヌも、権威主義だ。自身の地位が高いことを鼻にかけ、自分よりも地位の低い者を見下している。なんて分かりやすいんだ、弱点を晒(さら)して生きているようなものだ」

朗々と、まるで演説でも行っているかのように語るマーカスの言葉は、油断すると納得しそうになるのでセシアは気が抜けない。

この男、会ったばかりだがかなりのひねくれ者の要注意人物だ。

「さて、そこで彼らが一番悔しがるような権威を持つ者が君の目の前にいる。王子。この駒(こま)は有効に使うべきだ」

ぱちん！　とマーカスが上機嫌で指を鳴らす。

セシアは、彼に翻弄されつつも朧(おぼろ)げながら全体像が見えてきた。

「……王子、本日はお一人でパーティに出席を？」

彼女が問うと、マーカスは悪童そのものの顔でにんまりと笑った。


そして、今に至る。

まるで有名なお伽話(とぎばなし)の魔女のようにドレスや靴や宝飾品を用意してくれた王子は、着飾ったセシアを完璧にエスコートして登場し、まるで大切な恋人のように扱ってくれる。

おまけに最高に愉快なのが、王子のパートナーとしてここにいる以上、会場中の貴族達が恭(うやうや)しく彼女に頭を垂れるのだ。

セシアをイジメてきた大勢の女生徒達も、それを見て見ぬフリしてきた教師も、ディアーヌ家の屋敷を訪れた際にメイドとして働いていたセシアを人扱いしなかった貴族達も皆、だ。

「……やばい、笑いが止まらない。これ気持ちいいですね、殿下」

「お前はいい性格しているなぁ」

口元を扇で隠しセシアがそっと吐露(とろ)すると、微笑んだままマーカスが小声で返してきた。

その声に呆れた様子はなく、彼もどこか楽しんでいるのが分かる。

「……その言葉、そっくりお返ししますよ」

「セシアはお馬鹿さんだなぁ、王族なんて心臓に毛が生えてるか、凍ってないとやってらんないんだよ」

意外にも朗(ほが)らかに言われて、セシアはなるほど、と納得する。

セシアからすれば、王子の権威を笠に着て愉悦を感じている時間だ。

だが、マーカスからすればこの時間は、挨拶(あいさつ)に来て媚びへつらう貴族達の我欲に塗(まみ)れた視線に晒され続ける、苦痛の時間なのかもしれない。

「まぁ、今日はなかなか面白いぞ。そら、子爵家がやってきた。せいぜい愉快な**演目**を見せてもらおう」

底意地の悪いことを言うこの王子のことを、セシアは恐ろしく感じると共に、マリアと丁々発止の掛け合いをしている時のような心地よさを感じていて、だんだん彼に好感を持ち始めていた。

そこにディアーヌ子爵、セリーヌ、レイモンドが挨拶にやってくる。レイモンドの親は来ていないらしく、父兄の序列に従って最後のほうの登壇だった。

「マーカス王子殿下……セシア、嬢、本日は、ご機嫌うるわしく……」

ディアーヌ子爵が言いにくそうに、しどろもどろに口上を述べる。

まさか、と思ったものの、近くで見れば王子のパートナーは確かに屋敷に監禁しているはずの姪で、彼女は今、その王子に片手を愛おしそうに握られている。

子爵は自分の見たものが信じられずに、視線をセシアとマーカスに行ったり来たりさせていた。

「子爵、俺のパートナーがどうかしたか？」

マーカスが真面目くさった顔で訊ねるので、セシアは笑い出さないように唇を噛んだ。

「い、いえ……お綺麗な方で……」

慌てて子爵は視線を下げる。

レイモンドとセリーヌも、穴が空きそうなぐらいセシアのことを凝視していたが、ディアーヌ子爵に促されて前に出た。

「お久しぶりです、殿下。こちらは私の婚約者で……」

「お初にお目にかかります、セリーヌ・ディアーヌと申します……」

二人が頭を垂れて挨拶の言葉を述べると、マーカスは鷹揚(おうよう)に頷いた。

「卒業おめでとう、二人とも。聞けば、とても優秀なのだとか。ギタリス博士の魔術構造理論は俺も興味があるんだ、あの説について君達の見解を教えてくれないか？」

マーカスの言葉に、セシアはぎょっとする。

彼は挨拶に来た他の生徒にもそれぞれ進路の話や領地の話などを振っていたが、レイモンドとセリーヌに振ったのは難度の高い話題だった。

セリーヌの学園三位の成績はセシアがもたらしたもので、元より勉強嫌いなセリーヌには答えられない。だが学年二位で生徒会長のレイモンド相手ならばさほど難しい問いかけではない。

彼らがどうするのかドキドキしながら見ていると、案の定セリーヌはなにを言われているのか分かってもいない様子で目を瞬かせている。

ではレイモンドはとそちらを見ると、驚いたことに彼もセリーヌと似たり寄ったりな顔をしていたのだ。

セシアは戸惑って、思わず先ほどからずっと繋がれたままだったマーカスの手を握り返す。

「うん？　どうした、セシア。君はあの説についてどう思う？」

すぐに気付いて彼はセシアに顔を寄せる。

甘い恋人同士のような仕草だが、どうなっているのか分からないセシアとしてはとりあえず王子の要求に応えるしかない。

「……ギタリス博士の魔術構造理論は、まだ検証途中ですが……昨年発表されたコートニー女史の論文と照らし合わせると、十分実証可能な学説だと私は考えています……かの説の特筆すべき点は、従来の考え方を覆すのではなく、より進歩させた状態で利用可能な点かと」

「うん……君は、あの説を支持するということか？」

マーカスの言葉に、セシアは失敗したかなと思いつつ頷く。

革新的な考えであるため、一部の古い学説を支持する学者からは煙たがられている説でもあるのだ。

「いいね。君との会話はいつも楽しいよ、セシア」

「いえ……これぐらいは、教本にも載っていることですし」

「それに引き換え……」

ちらり、と見せつけるようにマーカスはレイモンドとセリーヌを見遣る。

確かに少し難度の高い話題だが、学年二位のレイモンドと三位の〝セリーヌ〟にならば、訊ねるに相応しい話題だったはずだ。

壇上に立った二人が王子の質問に答えられなかったことはフロアにいた皆からも一目瞭然であり、驚きが広がった。

彼ら同様、セシアも驚いてレイモンドを見遣る。それから、屋敷で勉学を疎かにして美容だけを磨いてきたセリーヌのことも。

「どうしてこんな質問にも答えられないの？」

思わずセシアがそう呟く。そこで、ついに羞恥と怒りで我慢出来なくなったセリースが爆発した。

「な、なによ!! セシア！ あんたその目！ あんたがわたくしを下に見るなんて百年早いのよ!!」

激昂したセリーヌに怒鳴られて、セシアは従姉の愚かさに眩暈がした。

婚約者だとかハッキリとした文言で紹介されてはいないものの、現在誰がどう見てもセシアはマーカス第二王子のお気に入りのパートナーだ。そんな彼女に、王子への挨拶の場での暴言。しかもこんなにも大勢の前で言ってしまっては、これが問題にならないはずがない。

セシアが呆然としている隙に、セシアよりも下の段に立っていることが耐えられなかったセリーヌは駆け上がってきてセシアの髪を摑んだ。

「なにしてるんだ、セリーヌ!?」

ディアーヌ子爵が思わず叫んだが、セリーヌは止まらない。

邪魔なセシアを閉じ込め、学年三位という優秀な成績を修めて、侯爵子息である婚約者と共に卒業祝いのパーティに出席する。

セリーヌは、今夜一番位が高い女性は自分だと自負していた。

なのに、ドブネズミみたいな存在だと思っていたセシアが、よりにもよって自分よりも高い場所で美しい王子の隣に立っている。

セリーヌは元々学園に通わず、コミュニケーション力を培うことなく我儘放題に過ごしてきたため、怒りの沸点が低い。相手が明確に身分が上の王女や公爵令嬢ならば、まだ我慢に我慢を重ねてこっそり相手のドレスにワインでも垂らす程度だっただろう。

だが目の前にいるのは、あのセシアだ。セリーヌの癇癪は本人にも制御出来なかった。

猪のように突進してくるセリーヌの姿を前に、逆にセシアは落ち着いていた。

マーカスの作る謎の流れよりも、こういう分かりやすい特攻のほうが慣れているし捌きやすい。

なにせセシアは常に徹底抗戦。飛んできた火の粉は、倍にしてお返しするのだ。

「この、ドブネズミが!!」

セリーヌの美しい顔が怒りに歪んでいるのを見て、セシアは朗らかに微笑んだ。

「……あんたのこと、堂々とぶっ飛ばせるなんて最高の気分だわ」

「はぁ!?」

セリーヌが意味が分からない、と顔を顰めたが、セシアは構わず魔法で彼女を吹っ飛ばした。

極小の風をセリーヌの足元に起こし、まるで自分でドレスの裾を踏んづけてひっくり返ったかのように見せかける。自分のドレスの裾を踏んで転ぶなど、令嬢として一番恥ずかしい失敗だ。

「ぎゃん!!」

派手に転倒したセリーヌを見て、マーカスはそのやり方の巧みさと魔法の制御能力の高さに目を見張った。

「おお、上手(うま)いな。やり方がえげつない」

「ふふ……この二年で、こういう小手先の魔法は随分鍛(きた)えられました」

セシアはつい自慢してしまう。マーカスはそんな彼女を見て、快活に笑った。

シンと広間は静まり、自分で転んだように見えるセリーヌと彼女の父親、婚約者に更に視線が集中する。

「さて、我がパートナーへの狼藉(ろうぜき)は俺への狼藉に等しい。セリーヌ・ディアーヌ及び、ディアーヌ子爵、そして婚約者のレイモンド・チェイサーを連れていけ！」

ばたばたと警備兵が現れて、気絶したセリーヌと喚(わめ)く子爵、それから青褪(あおざ)めたレイモンドを引っ立てていく。

「……あ、待て待て。レイモンド・チェイサー」

ふと、思い出したようにマーカスはレイモンドを呼び止める。

僅かな希望を抱いた様子で衛兵に抱えられたレイモンドは振り向いたが、そんな彼にたまらなく美しい笑顔を向けて、マーカスはトドメの一撃を食らわせた。

「君の成績は不正によるものだという報告が、確かな筋から来ている。学園は、いかなる場合も不正を見逃しはしない。君とセリーヌの卒業資格は剝奪する」

「そ、そんな……!!」

レイモンドの悲痛な叫びを最後まで言わせることなく、無情にもマーカスは兵に合図を送る。

三人が会場から連れ出されるのを、セシアも他の出席者達も呆然と見送った。

「……レイモンドが、不正?」

「その話はあとでな」

マーカスは翡翠色の目を細めて目配せをすると、仕切り直すように二度、手を打つ。

ハッとした会場の人々が、再び王子へと注目した。

「めでたい日にとんだ騒ぎとなったたな。だが、学園の外ではもっと奇想天外なことが日々起こる。今夜の出来事はその前哨戦だったとでも思って、笑い話として大いに喧伝しようではないか！」

あ、鬼だこの人。

セシアは確信する。

騒ぎの口止めをするどころか青春の面白エピソードとして、セリーヌとレイモンドの失態を長く語り継ぐように、と言っているのだ。

プライドだけは異常に高いディアーヌ家の者と、外面が異常にいいレイモンドにはこれ以上ない罰であり、長く続く屈辱だろう。

「……結局権力にものを言わせて断罪してませんか」

セシアがぼそりと言うと、マーカスはうきうきと頷いた。

「結果的にそうなってしまったなぁ」

上機嫌なマーカスを見て、セシアは自分は随分すれた人間のつもりでいたが、まだまだ小物だなぁ、と自覚するのだった。

なにせ正真正銘、鬼が横にいるので。

冒頭でとんでもないことが起こったものの、その後はつつがなくパーティは進行し、大盛り上がりのうちに終了となった。

セシアも最初のダンスだけはマーカスと踊ったものの、その後は他の生徒と踊ったり会場に用意された食事を堪能したりと十分にパーティを楽しんだ。

ロザリーや他の数名の令嬢達がなにか言いたそうにジロジロとこちらを見遣り近くをうろついていたが、セシアは素直に事実を教えてやるつもりはない。

〝セリーヌ〟は断罪されたし、セシアとしてはロザリー達は知らない令嬢なのだから。

「楽しかったか？」

パーティを辞して王子に用意された控室に戻るとセシアは、ソファにどかりと腰掛けてタイを解くマーカスに訊ねられた。彼女は素直に頷く。

「すっごく楽しかったです。性格悪いのかも、私」

「それは重畳」

マーカスは、セシアの言葉にからからと笑った。彼の姿を何度見てもどう考えても今日初めて会った人なのに、今、セシアはとても気やすさを感じている。

「……そろそろ種明かしをしてください」

セシアが言うと、マーカスは立ち上がり彼女の前に立った。それから、柔らかく微笑んで彼女の手を指す。

「握っても、いいか?」

「……ええ。握ってください」

彼女が確信を持っていつかと同じように言うと、マーカスは手袋を脱いだセシアの小さな手をそっと握る。

ひんやりとした大きな手。男の人にしてはしなやかですんなりとした、女性的な手だ。

「……仕返しするなら、手伝うって約束しただろう?」

「……その話をしたのはあなたとでは、ないです」

セシアが言うと、フッとマーカスが溜息をつく。

するとそれは魔力を帯びて、マーカスの姿が陽炎のように揺らめいて変化していった。何一つ見逃すまい、とセシアは瞳を見開く。

燃えるような赤毛は長く伸び、肩や骨格が僅かに変化していく。マーカスの顔を知る者ならば、兄妹かなと思う程度に似ている女性が、みるみるうちに彼に代わってその場に現れた。

ただしセシアは先ほどからマーカスと手を握り合ったまま。今は、その女性と手を繋いでいる。

「……マリア」

「仮の姿はお互い様だからな、怒るなよ?」

マリアはセシアのよく知る姿よく知る声で、マーカスのように悪童らしく笑った。

「王子が女装して学園に潜入してるってどういうこと……!!」

「隠れ蓑には持ってこいなんですもの」

ソファに項垂れるように座ったセシア。その隣に座ったマリアは上機嫌だ。

儚い系美女のマリアにはよく似合う微笑みだが、中身があの悪童めいたマーカスだと思うと気持ち悪い。やめてほしい。

壁際のクリスをセシアが恐る恐る窺うと、彼はなんとも言えない表情を浮かべていた。誰にでも肯定されているものではないようで、ちょっとだけ安心する。

「ちょっと私の友情返してよ！　あんたが男だったなんて……え？　なにかまずいことになってないよね？」

学園生活でのあれこれに思い至り青褪めるセシアに、ワイングラス片手にマリアは歌うように告げる。

「そこはぁ一応マリアちゃん的にも気遣ったっていうか？　着替えとかは一緒にならないようにしてたでしょう？」

「えええ……いや、なんか絶対まずいことになってると思う……私……憧れの結婚式の話、とか……した……！」

「セシアったら破天荒に見えて、大聖堂での伝統的な結婚式が憧れなのよね。夢見る乙女って可愛いと思うわ！」

セシアが頭を抱えると、マリアはわざとらしく頬を赤らめてみせた。

「こいつの頭殴ったら記憶飛ばないかなぁ……」

「はっはっは、落ち着けセシア。俺王子だぞー？　不敬不敬」

「こんな時だけ王子持ち出すの卑怯ー!!」

頭を抱えたままセシアは叫んだが、マリアはこの上もなく愉快そうに笑った。

一通り叫んで、なんとか少し落ち着いてきたセシアはマリアを睨む。

「どうしてマリア……が潜入してたの？」

「うん……実は最近、学園への裏口入学やそれに伴う試験問題の流出などの不正が一部で横行しているのは知っている？」

それを聞いて、セシアはマーカスがレイモンドに言っていた成績の不正について思い出す。

「……レイモンドの学年二位の成績は、その不正によるものということ？」

「正解。侯爵子息は女遊びに夢中でさほど優秀ではなかったみたいで、お金を積んで成績や生徒会長の地位を買っていたの」

であれば、壇上でのあのマーカスの問いに、レイモンドが答えられなかったのも納得がいく。

「調査の結果、学園の理事数名と教師数名が加担していたわ。私以外にも潜入している部下が数人いて、二年がかりでようやく検挙に至ったというわけ」

貴族の令嬢令息にとって学園への入学は必須ではない。けれど卒業資格を持っていれば確実に箔がつくし、王城の希望の職へ就くことや令嬢ならば婚約などに非常に有利に働く。

そのため、入学試験や定期考査などはかなりの学力が求められるのだが、それらを金で買っていただなんて、貴族社会の腐敗が明るみに出たことになるだろう。

「今後調べが続けば遡って卒業資格を剝奪されたり、必要に応じて相応の罰が与えられたりすると思うわ」

「……結構大事ね」

セシアは肩を竦めた。

自分が令嬢達と小競（こぜ）り合いをしていたこの二年の間に、裏でマリアとその部下達が捜査を進めていたなんて夢にも思わなかった。

「最初は、レイモンド・チェイサーの婚約者で成績優秀なセリーヌ・ディアーヌも怪しいと思って、あなたに近づいたんだが……」

言いながらマリアの姿が揺らぎ、再びマーカスが現れる。セシアは気心（きごころ）の知れた親友ではなく、油断出来ない男が現れたことに身を固くした。

それを見て、マーカスは一瞬だけ翡翠色の瞳を寂しそうに細める。セシアにとってマーカスは初対面の男だが、彼にとってセシアは二年に渡る付き合いの友人なのだ。

「俺の知るセリーヌ・ディアーヌは愚直なまでに勉学に励み、なにかに追われるように好成績を維持している真面目な生徒だった……でも君は違う意味で、違反していた」

本物のセリーヌと偽って学園に通っていたことは、成績を不正操作していたことと同様に当然罪にあたる。

「はい……」

身を竦めるセシアを見て、マーカスは彼女の手を握った。

マリアの手と同じ感触なのに、このマーカスの手はどう考えても男の人の手である。それがとても不思議だった。

「だから、セリーヌの卒業資格も取り消される」

「……はい」

しゅん、とセシアは項垂れるが、マーカスが唐突に握ったままのセシアの小さな手を持ち上げ、その甲に音を立ててキスをしたのでぎょっとする。

「な!?」

「その上で提案なんだが、セシア。今度はセシア・カトリンとして学園に通ってみないか?」

「は!?」

「お前は、自力で素晴らしい成績を修めた。奨学生として補助金を申請出来るレベルだし、将来有望な才女を失うのは国の損失だ」

マーカスがすらすらと言う。

だんだん慣れてきたからセシアには分かる。この男がこんなふうに相手に口を挟む余地を与えない時は、なにか詐欺めいたことをしている時だ。端的に言うと、言いくるめようとしている。

「無理です! 私、平民ですよ」

「ディアーヌ子爵の縁者だし、学園には数は少ないが平民も通ってる」

「でも一回通いましたし!」

「セリーヌはな。でもセシアは、一度も通ったことないだろう」

ぐいぐいと近づいてこられて、いつの間にかマーカスの端整な顔はセシアの目の前だ。彼の翡翠色の瞳がきらきらと輝いて、セシアを見つめている。

「ディアーヌ子爵家が、なにか言ってくるかも……」

「なにを？　セリーヌの代わりにセシアを通わせてました、ってわざわざ恥と罪の上塗りに来るのか？」

それはしない。絶対に。

王子のパートナーに対する狼藉で既に令嬢としてのプライドをずたずたにされたセリーヌだ。この上、学園での替え玉という不正を子爵家が自ら言えるはずがない。

縋れるものを探してセシアはうろうろと視線を彷徨わせる。

無一文でなにも持たず王都から逃亡する予定が、ここに来てまるで違う道が開けていて、戸惑う。しかし、そんなことが本当に許されていいのだろうか？

「……でも、いかなる不正も許さない、って」

「許さないさ。その上で再生の道を示すことこそ、権力を持つ者のすべきことだ」

しれっと言われて、そういうものだろうか？　とセシアは混乱する。

彼女が混乱し、徐々に思考を放棄しだしたのを察知してマーカスは内心で舌なめずりをした。

好機を見逃さないことは、彼の数多くある長所の一つ。

ちなみに長所と同じ数ほどに、短所もあるのだが。

「ディアーヌ子爵家とは、この件で縁が切れたようなものだろう？　伝手も金もなく地方に行って危険と隣り合わせの底辺の生活をするよりも、王都で王子の後見を得て学園に通い、卒業後は王城で仕官するほうがずっといいと思わないか？」

「なんかいろいろ将来が決められてしまってませんか!?」

立て板に水の如く喋るマーカスに、セシアはストップをかけた。

「……王子の、後見？」

「うん、俺。学生の身分だと、年齢に関係なく保護者が必要だしな」

「卒業後は王城に……？」

「大貴族の後継でもない限りそれが普通じゃないか？　特に平民の場合は、卒業後の仕官を見越して学園に入るものだと思うが」

無一文の罪人として地方へ逃亡するルートと、セシア本人としての再入学・卒業後仕官のルート。考えるまでもなく後者一択に決まっている。

でも。

「美味い話には、裏がある気がして……」

「その用心深さは、これからも大事にしたほうがいいな。だが、まあ今回に限っては、友情によるサービスだと思ってくれていい」

セシアはハッとしてマーカスに視線を合わせる。視線の先で彼は、意外なほど優しく笑っていた。

「一人で頑張ってきた親友に、マリアじゃなく俺が出来ることをしてやりたいんだ」

乾いた心に染み込むような、落ち着いた声にセシアの目が潤む。

「で、どうする？」

にやりと笑う悪童に、セシアが返すのは勿論――。


春。

学舎の裏庭に呼び出されたセシアは、数人の令嬢に囲まれていた。

「あなた、平民のくせに生意気なのよ！」

「王子に身分を保証されているからって、でしゃばるのもいい加減にしなさい！」

口々に責められて、黒髪に紫色の瞳の本来の姿のセシアは、深々と溜息をついた。

「はぁ……おかしいな、今回は真面目に目立たずに過ごしているはずなのに……」

「出る杭は打たれるってやつよねぇ～優秀なのって罪ね、セシア！」

なぜかいつの間にかセシアの隣にいる〝マリア〟を見て、令嬢達はぎょっとする。

「で、なんでまたあんたがいるのよ、仕事しなさい。クリスさん可哀相でしょ」

「息抜き息抜き！　セシアだって私がいないと寂しいでしょう？」

「いや、寂しがる暇なんかないわよ。この子達が放っておいてくれないから」

「モテるわねぇ……妬けちゃう」

ノリノリの見た目儚げ美女、中身成人済男性（しかも王子）にセシアはうんざりと溜息をつく。

マーカス王子の後見を受けるからには再入学の際は首席で、と無茶振りされたセシアは猛勉強を経て再度入学試験を受け、無事首席入学を果たし二度目の新入生として学園に通い始めた。

二度目であるからには、せっかくなのでとセシアはセリーヌの時とは違う科目を選択して、再び勉学に励んでいた。前回とは全く違う分野なので、一から勉強のし直しである。

授業料や寮費その他かかる費用は奨学金制度を利用しているので、上位の成績をキープする必要がある。大変な日々ではあるがセシアにとって、なにもかもが自分のものになりおまけに勉強にだけ励めばいいなんて、これまでの生活に比べれば天国のようなものだった。

そんな彼女の下に、気が向けばマリアが現れる。

「もうここに来る必要ないでしょう?」

「ひどいわ！　セシアに会うっていう立派な理由があるでしょ！」

プンプンとばかりに腰に手を当てる可愛らしいマリアの姿を見て、げぇ、とセシアは舌を出す。

「いや、あんたほんとに自分のこと理解してからその仕草しなさいよ?　泣くよ?　全国民が泣くよ?」

聡明で美丈夫の第二王子の中身がコレとは、国家機密並みの秘密すぎてバラした時にはセシアの命が危ない。

あれから、レイモンドの不正が大々的に明るみに出て、おまけに彼が学園の女生徒とあちこちで浮気をしていたことまで露見した。セリーヌが王子のパートナーに襲いかかったこともあって二人の婚約は破棄されることとなったが、チェイサー家、ディアーヌ家の双方が「あっちが悪い！」と言って慰謝料をどちらが払うかでまだ揉めているらしい。

セリーヌ自身は暴力令嬢として悪評が立ち王都の社交界にはいられなくなり、同じく替え玉を使って学園にセシアを通わせていた負い目のある子爵共々、王都を出ていった。

マリアとセシアが小競り合いを続けていると、待っていられなくなったらしい令嬢達が騒ぎ出す。

「ちょっと！　わたくし達を無視するんじゃないわよ！」

「そうよ、そういうところが生意気だっていうのよ‼」

マリアの見た目的な暴力とマーカスの精神的な暴力に比べたら、この令嬢達の喚く声など小鳥の囀り（さえず）のように可愛いものだ。

ふう、と仕切りなおすように溜息をついたセシアは、彼女達に向き合ってニッコリと笑った。

「私に喧嘩売ってくるなんて、いい度胸よお嬢ちゃん達」

「きゃーセシア、カッコイイ！」

マリアが呑気（のんき）に歓声を上げる。

春。セシア自身の人生はまだまだ始まったばかりだ。
だがたとえ誰が相手であろうと、セシアは常に徹底抗戦。
この姿勢だけは変わらないのだ。

第二章
ワケあって、王子の推薦で執行官やってます

「あなた、生意気なのよ!!」

「生意気……とは……？」

自分よりも明らかに幼い少女に指を差して言われて、セシアは胡乱な表情を浮かべた。


エメロード王国。

大きな港を擁する王都エスメラルダは、世界屈指の海運都市だ。海に面した多くの発展した都市を持ち、国自体が大きな港とも称される。

各国から様々な物資が届くのは勿論、芸術や文化の入り口でもあり、陽気で華やかな都として観光地としても人気が高い。その一方で、他国からの密入国者も多く近年問題になっていた。

そのエメロード王城の一室。

煌びやかな装飾の施された壁や天井、調度には淡いピンクやオレンジといった暖色が配されていて、いかにも少女の好みそうなインテリアになっている。

「なによその怪訝な表情は!!　文句があるなら素直に言いなさい!!」

次いで、二の矢、三の矢が飛んできて、慣れた感覚にセシアは懐かしささえ覚える。これがいわゆる、実家のような安心感。

などと実家のないセシアは考えつつ、このお子ちゃまを最少の労力で最も凹ませる方法はなんだろうか、と模索する。

セシア・カトリンは十八歳。王立学園を卒業し、王城で働き始めたばかりの新人だ。

紫色の少し吊り上がった猫のような瞳に長い黒髪をポニーテールにまとめ、王城支給の文官の制服に身を包んでいる。

この春採用されたばかりで初任給さえまだ受け取っていないような新人も新人、ド新人なのに、なぜか、なんと、王女殿下のお召しを受けて彼女の私室に連行されたのだ。

そう、連行である。まだ仕事があるのに。

そして冒頭に戻る。

つまり、セシアにどんどこ悪態をついているのは、このエメロード王国の王女・メイヴィス殿下。ふんわりとした燃えるような真っ赤な髪に、陶器のように滑らかで白い肌。翡翠色に煌めく瞳でセシアを精一杯睨みつけていても、まるでお人形のように愛らしく美しい少女だ。

ちなみにセシアに縁（ゆかり）のある王子・マーカス殿下と同母の妹君で、大層仲がよろしいことでも有名だ。

あれの妹。

「なんだブラコンか」

「聞こえてるわよ、セシア・カトリン！」

絶好調に悪態をついていたわりに、メイヴィスは耳聡い。

セシアは姿勢を正して、使用人としての礼を執った。

「王女殿下、私は勤務中の身です。恐れながら、ご用件を伺ってもよろしいでしょうか」

「フン、その仕事とやらが、わたくしの呼び出しよりも重要だとでも？」

メイヴィスは波打つ艶やかな髪を肩に流して、鼻を鳴らす。

将来は誰もが見惚れるような美女に育つだろう、と想像出来る整った容姿の少女が、まだ幼いながら大人のような仕草をするといかにも生意気で愛らしい。

「それは、殿下が私をお召しになった用件によります。ですが、私はまだ勤め出したばかりの新人文官。己に与えられた仕事さえこなせないとあっては、早々にお役を解かれてしまいます」

しおらしくセシアが言うと、メイヴィスがうぐっ、と罪悪感を刺激されたような顔をした。

「……王女に呼び出されたと、上司に言えばいいじゃない」

「……新人がそのようなことを言って、信じていただけると思いますか？」

「…………無理があるわね」

平民出身のド新人文官が、王女とお話ししていたので仕事に遅れました、だなんて偶然産気づいた妊婦を助けていました、という言い訳よりも苦しい。

メイヴィスは扇の向こうでうんうん唸っている。

ちょろい。そして、可愛い。あの兄の妹だというのに、非常に善良な心根の持ち主であるようだ。是非このまま真っ直ぐ育って欲しい。

「仕方がないわ。侍女長！」

「はい、殿下」

メイヴィスの呼び声に応じて、一人の女性が進み出る。

周囲にいるのはセシアと同じぐらいの年頃の侍女やメイドが多かったが、侍女長はもう少し年上だ。しかし母親ほどには離れていないことは一目瞭然で、侍女長という役に就くには若い。

それだけで、彼女がかなり優秀であろうことが窺えた。

王女の侍女長ともなれば、使用人であってもセシアよりも身分の高い貴族の令嬢なのだろう。

エメロード国の貴族に多い金の髪に青い瞳の、落ち着いた雰囲気の女性だ。

「わたくしの侍女長のアニタよ。こちらはセシア、マーカスお兄様のお気に入りの泥棒猫」

「泥棒猫……どこで覚えてきたんですか、その単語……」

お姫様なのに。

あと、なにを泥棒したというのだ。まだ窃盗するほど落ちぶれてないぞ！

セシアがメイヴィスをじろじろと無言で睨んでいると、アニタが注意を引くように僅かに咳払いをした。

危ない。相手のクソガキが失礼だからといっても、こちらのクソガキは王女様。失礼が許される身なのだ。

対してセシアはド平民のド新人。言葉にも視線一つにも気をつけなくては、不敬になりかねない。

「ええと、アニタ。セシアの職場に行って、わたくしが呼び出した旨を伝えてきなさい」

「殿下、ご用がないようでしたらセシアさんのことは今は解放なさるべきかと。勤めだしてすぐに王女に目を掛けられていると周囲に思われては、セシアさんが仕事をやりにくくなります」

「おお……」

すごくマトモな人だ。

さすが、あの兄の、この世間知らずな妹の、侍女長！　こうでなくては務まらない！

セシアが内心で喝采していると、素直で世間知らずなメイヴィスはまた唇を尖らせて唸った。

重ねて言うが、顔は本当に可愛い。

「じゃあどうしろと言うのよ！　まともに話も出来ないじゃない！」

「ではセシアさんのお休みの日に、お約束なさってはいかがでしょうか？」

アニタの提案に、メイヴィスは兄と同じ翡翠色の瞳を輝かせた。

「いいアイデアだわ！」

なにがいいアイデアなものか。休みは休ませてください。


そんなわけでようやく解放されたセシアは急いで部署に戻り、少し叱られながらもデスクワークに戻った。貴重な休日の数時間を生贄（いけにえ）にして。ひどいや国家権力。

遅れた分、セシアは最大限急ぎつつも見落としがないように、目を皿のようにして書類のチェックに勤しむ。

そんなセシアが学園を卒業して就職したのは、王城の経理監査部二課という所だった。

彼女はそこの下っ端執行官だ。ようは金の流れにおかしなところがないかを逐一チェックして、不正を炙り出す部署。セシアの過去を鑑みると、皮肉な人事である。

そして執行官、と言うからには自身で捜査し、時に荒っぽいこともするらしく、経理部だ文官だと呑気なデスクワークを夢見て就職したセシアのアテはハズレっぱなしである。

「やっぱり美味い話には裏があるよね」

目視で書類の不備がないことを確認して、今度は魔法でその書類そのものにインチキがないかを確認する。二重チェックは基本。

こういう細かい魔法は得意なので、仕事自体に不満はない。ない、のだが、量が多いのだ。

同期採用も複数人いるし、少なくない人数が働いているはずなのに、ド新人のセシアですら大忙しの日々である。

春は人事異動なども多いので、書類も増えるし金銭の動きも活発になる。

いわゆる繁忙期だと先輩達には言われているが、入ってすぐにこの忙しさしか体験していないので、セシアには閑散期の想像がつかない。

「この束チェック出来ました！」

チェックの済んだ書類の束を先輩のデスクに持っていくと、指導係であるレインが顔を上げた。

「ご苦労様。だが、まだまだあるからな。あと、こっちはキースに渡しておいてくれ」

苦笑しながら渡されて、セシアはつい苦虫を噛み潰したような表情を浮かべてしまう。

「わぁ……」

「なんだその顔は。さては不満か？　よし、こちらも追加しようか」

「増えた……」

レインは仕事は出来るし、平民出身のセシアにも分け隔てなく接してくれる好漢だが、ここは新人扱いして欲しいところだった。

栄誉ある王立学園を首席で卒業したセシアは、ちょっぴり悔しく感じつつも、かつてマーカスの言っていた通りの進路に進んでいる。

その学園にワケあって二度通った彼女は、新卒登用でも同期よりもやや年上だ。

そもそも学園は十四歳から十七歳までの子女ならば誰でも入学試験を受ける資格がある。学費が平民には高すぎるので、自然と入学する者は貴族か裕福な商人の子などに偏ってしまうのだが。

〟セリーヌ〟として十四歳で入学したセシアが、二年の課程を経てセリーヌとして卒業年を迎えたのは十六歳の時。

その後すぐ十六歳で再度セシアとして入学したため、卒業したのは十八歳の時だった。

新卒登用時、セシアは十八歳。ストレートで学園を入学・卒業した同期ならば十六歳が最年少なので、二年は年上だ。

「セシア、お前マーカス王子の愛人って本当か？」

向かいのデスクの、レインと同期の先輩であるキースがニヤニヤしながら訊ねてくる。

口より手を動かして欲しい、と思うけれどセシアにまだそれを言う権利はない。早く実力をつけて、言いたいことを言える立場になりたいものだ。

「それまだ言われてるんですね〜。学園の理事の一人である王子が、私が在学時の保護者代理をしてくれていたので、時折お声掛けいただくだけですよー。王子は他にも身よりがなく優秀な平民の保護者代理をなさってますし、私だけが特別なわけじゃないですよー」

さくさくと書類を処理しながら、セシアはすらすらと答える。もはや定型文だ。

学園在学時は、王子の後見を得ているということでイジメられたし、王城に勤めるようになってからはセシアが曲がりなりにも女なので、愛人疑惑を掛けられることが多い。

「そもそも愛人って奥さんのいる人に言うものじゃないですか？　王子ってまだ独身ですよね」

同期のロイが「セクハラですよ！」と咎めるように言ってくれたが、キースは豪快に笑った。

「なんだ、それじゃセシアは愛人じゃなく恋人だったら満更でもないのか？」

　ふっ、と笑って、セシアは先ほどレインから渡された書類の束をキースのデスクにどん！と置いた。

「キース先輩、これ今日提出の書類ですけど、私手伝いませんから」

「え！　なんで！　いつもは手伝ってくれるじゃねぇか！」

「今日は予定があるんです」

　元々キースが担当の仕事だ。これぐらいの仕返しは、可愛いものだろう。


　王女の一件で遅れた分、少し残業したセシアは、待ち合わせの時間が近いこともあって慌てて退勤する。

　住まいである、王城の端にある独身寮に急いで駆け込み私服に着替えると、裏門から城下街へと向かう。そのまま彼女は、王城や学園のある富裕層の暮らす地区からは離れて、真っ直ぐ下街のほうに足を進めていった。

　下街区画に入ってすぐのところに、黒猫の絵が描かれた木製の看板の下がる一軒の居酒屋があり、セシアは躊躇（ちゅうちょ）することなくその扉を開いた。

「いらっしゃいませー」

　明るい店員の声に迎えられて、セシアは店内を見渡す。

「あ、セシア！　こっちこっちー！」

ぶんぶんと手を振るのは、燃えるような赤髪に翡翠色の瞳の、美女。

セシアの学園時代の友人である、マリア・ホークだ。

「……ハハ、ドウモ、遅れまして……」

セシアは頭を掻きつつテーブルに着く。

マリアの隣には第二王子付きの執事であるクリスもいて、お互いに目礼を交わした。

ちなみに王城に勤め始めてから知ったことだが、表向きマリアが家名として名乗っているホーク伯爵家はクリスの生家であり、彼は伯爵家の次男なのだという。

実際伯爵家には、学園には通っていないが令嬢もいるらしく、家族ごと〝マリア〟に利用されている点に、セシアはとても同情していた。

「いらっしゃい、お客さん。なんにする？」

店の女将が目敏く、新規客であるセシア目掛けて注文を取りに来る。

セシアはどうせ〝上司〟の奢りだし、と一番強くて高い酒を頼んだ。それを耳にしたクリスが青い瞳を瞬く。

「……セシアは酒が強いんだな」

彼にそう言われて、セシアはうんざりとした様子で首を横に振った。

「嗜好品なのであまり飲みません」

「でも」

「酔わなきゃやってらんないんで、現状」

へっ、と吐き捨てるようにセシアが言うと、根っからの貴族の子弟であるクリスは顔を顰めたが、セシアの態度を叱責することはしなかった。

「あら、なんのことかしら～？」

確かに、やってられない。

酒のグラスが届き、ささやかに乾杯すると、すぐさまマリアは両肘をついてセシアのほうに身を乗り出した。胸を強調するな。

「それで？　どう？　働き始めて、そろそろ一カ月よね。慣れてきた頃かしら」

「今のところ順調だよ。先輩にきちんと教えてもらってるし、ミスも少ない。まだ出来ること自体が少ないから当たり前だけどね」

セシアは、先にマリア達が注文していた鶏肉の唐揚げを自分の皿にどっさりと盛ると、柑橘の果汁を垂らした。米と山菜を蒸したものと、芋を素揚げしたものの皿も自分のほうに引き寄せる。

大人は酒ばかり飲んでいて頼んだ料理を食べないのだから、これはセシアのものに違いない。

「うんうん、セシアは育ち盛りだものね、たくさん食べてもっと太りなさい」

「その姿じゃなかったら殴ってやるところなのに……」

「この姿じゃなかったら、殴ったら牢屋行きだぞー？」

マリアは微笑んだまま、ちらりと口調を変えて笑う。

痩せっぽっちの彼女に食べさせるために注文していた料理なので、マリアは他の皿もどんどんセシアのほうに置いていく。

好物だって把握済なのだ。さりげなく酒のグラスを遠ざけ、果実水も注文する。

「はっ……これ美味しい……！」

セシアが目を輝かせると、マリアは満足そうに微笑んだ。

慈愛に満ちた笑顔を浮かべながらマリアが呑んでいるのが、アルコール度数の高い火酒なのは給仕した女将だけが知っている。


「お、兄ちゃん両手に花だねぇ、代わって欲しいぜ！」

通りすがりの酔漢が、クリスの肩をぽんっ、と叩いていく。クリスは心底、代われるものなら代わって欲しい、と思った。

なにせ、片や今期の採用試験トップで入城した平民の才媛。セシアはまあいい。生意気でちょっと口は悪いが、頑張り屋で根は真面目な少女だ。

問題はもう一人のほう。

天女のようにおっとりと微笑む儚げな美女だが、この姿は仮の姿。

中身は正真正銘、立派な成人男性で、この国の王位継承順位第二位という高い地位に就いている御方。第二王子、マーカス・エメロード殿下その人なのである。

王立学園に潜入するために世を忍ぶ仮の姿として魔法で姿を変えていたのだが、いたく気に入ったらしくしょっちゅうマリアの姿になっては城下をお忍びで歩いている。

そう、殿下は、女装を気に入ってしまったのだ！

クリスは尊敬する王子の女装癖を必死になって隠していた。

秘密を知るのはごく僅かな者だけだが、マリアに最も接触回数が多いのがこのセシアなので秘密の漏洩を防ぐためにクリスは場違いだと分かりつつも、こういう会には同行していた。

「真面目で可愛いわよね、クリスって」

悲壮な雰囲気を漂わせているクリスを見つつセシアが芋を頬張って言うと、うふふ、とマリアは笑う。

「……たぶんクリスさん、勘違いしてると思う」

別に、マーカスは女装が趣味ではない。楽しんではいるが。

勘違いをしていると分かっているのに、そのままにしておくなんて相変わらず性格の悪い王子様だなぁ、とセシアは考えつつ、更に追加注文したローストビーフの皿を抱え込んだ。マリアは親友だが、マーカスは昼間のメイヴィス同様に雲の上の人なので彼らのすることにセシアは差し出口することはない。

それよりも就職したとはいえ、まだ初任給も受け取っていない身、限りなく無一文に近いのだ。

普段は城の中の使用人用の寮で暮らしているので食費などはかからないが、滅多にない城の外での食事なので、美味しいものをお腹いっぱい食べておきたい。

「そういえば、セシア。お給料入ったらなに買うの？　アクセサリーとか、いいわよね。ショッピング行きましょうよ」

慌てて私服に着替えたせいで少しよれていたセシアの襟元を直しながら、マリアが微笑む。

なぜこいつの爪は、今王都で流行りのコスメブランドの最新色で彩られているのだろう、とその指先を見ながらセシアは考えた。無駄にディティールが細かい。

「……日用品は買い足すけど、主に換金しやすい小粒の金塊や宝石に換えておくつもり」

「発想が山賊！」

「つくづく失礼な奴ね……」

真顔になったマリアを、セシアはじろりと睨む。

「だって、金塊なんて可愛くないじゃない～！　ドレスとかバッグとか買いましょうよ！」

「私が稼いだお金なんだし、どう使おうと私の自由でしょう？　いつ放逐されるか分かんないし、貯めれるうちに貯めておきたいの」

セシアの一切夢のない発言に、マリアは唇を尖らせた。

「もう～放逐なんてしないわよ！」

「マリアが……あの人がそうするとは思ってないけど、なにがあるかは誰にも分からないでしょう？」

「……」

これまでの環境のせいで、セシアは基本的に他人を信用していない。それは雇用先であろうと王城であろうと一緒だ。

捨てられた猫のように自分一人で生きていくことしかイメージが出来ず、どれほどマリアが言葉を重ねてくれても、セシアの信用と好意は別のところにあるのだ。それが、マリアにはたまらなく寂しく感じるらしい。

マリアの秀麗な眉がぎゅっと寄ったままなのを見てセシアは苦笑を浮かべる。

「……大丈夫、ある程度貯まったら、贅沢もするわよ。まだ余裕がないから貯めておきたいってだけで」

マリアがますます悔しそうな顔をするものだから、セシアはつい顔を背けて誤魔化すようにそう言った。

実際セシアとて、年頃の女性が好むような服や装飾品に興味はある。だが、蓄えもないのに贅沢する気にならないだけだ。

「絶対？」

「うん、絶対」

「～～分かった。じゃあ半年後は、ショッピングしましょうね！」

マリアに腕を抱かれて、セシアは目を大きく見開いた。

「あんた、半年後も私とつるんでるつもりなの？」

「あら、私とセシアは親友だもの、当たり前でしょう？」

セシアの言葉こそがいかにもおかしいのだ、とマリアが指摘してこの話を締めくくった。


それから時間が経ち、マリアは、お腹が膨れてほどほどに酔ったセシアのことはクリスに寮まで送らせることにした。

「マ……マリア、さん、は……どうなさるんですか」

マーカスの名を呼びそうになったクリスが、もごもごと言いにくそうにマリアに訊ねる。

そんな真面目な彼を見て、ちょっと笑ったマリアは白い指先で続く路地をひらりと指した。

「せっかく城下に来たんだし、少し酔い醒ましに歩いてから帰るわ。ちゃんと馬車を拾うから平気よ」

マーカスは魔術師としてかなりの腕を持っているが、勿論体のほうも鍛えている。おまけに王子のお忍びなので、当然目に付かない位置に複数の護衛が付いているのだ。

クリスは護身術程度なら出来るが、職は執事なのでハッキリ言って荒事には役立たずだ。

手配した帰りの馬車で、主の大切な友人を連れて帰るのが最適解だろう。

「分かりました、明日も定刻に執務室でお待ちしています」

「……セシアをお願いね。可愛いからって襲っちゃダメよ、オニイチャン」

「襲いませんよ！」

「……酔ってても後れは取らないわよぉ……」

馬車の座席に埋もれながら、セシアが路地で喋る二人を睨みつけた。

口は悪いが、頬を酒精に赤らめてうだうだしている姿は年相応に可愛らしいものがある。

マリアはルージュの引かれた薄い唇を吊り上げて微笑むと、半身だけ馬車に入った。ふ、と頭上に影が出来て、セシアが不思議そうに顔を上げる。

「マリア？」

「おやすみ、セシア。今日は楽しかったわ」

ちゅっ、と音を立てて手の甲にキスをされてセシアの頬が酔いのせいではなく紅潮した。

「あんたねぇ……」

じろっとセシアがマリアを睨んでくるが、そんなことで怯むわけもない。

「お仕事頑張ってね、また遊びましょう」

にこにこと微笑んでひらりと手を振ってみせれば、彼女は渋々といった様子で唇を歪ませたあと、ぎこちなく笑ってみせた。

「今日はご馳走様。今度は東地方の郷土料理のお店がいいわ！」

堂々とたかるようなことを言うが、これは素直になれない彼女からの〝またね〟の合図だ。

マリアは柔らかく微笑んで、

「探しておくわ」

そう答えた。

クリスにもう一度きちんと頼んで、マリアが見送る中、馬車は王城の方向へと走り出す。

時刻は深夜というにはまだ早い時間、平日の夜であっても大通りにはあちこちの店から漏れる灯りと酔漢の賑やかな声が届く。オレンジの灯りと料理の油っぽい香り。

「少し回る」

マリアがそう呟くと、かすかに動く気配がした。陰に隠れている、護衛の者だ。

動きやすい踵の低い靴を履いた細い脚が、人目の多い路地を歩き出す。

賑やかな大通りは、一歩路地を外れてしまえば途端に暗く静かになる。マリアはあちこち店を見て回るようにふらふらと歩いていった。

が、いくらも行かないうちに途中の細い路地から腕が伸びてきて、突然連れ込まれる。

「きゃっ！」

わざとらしく悲鳴など上げてみるが、すぐに口元を手で覆われて更に奥に連れていかれた。

そのまま壁に押しつけられて、体を弄られる。

どうやら相手は酔っ払いで、一人でフラフラしているか弱そうなマリアに目を付けたようだ。

「……酔った女性を襲うとは、卑劣だな」

マリアはそう呟くと、男の顎に下から掌底打ちを叩き込む。脳が揺れて、一瞬で気絶してしまった男が倒れるのを支えることもせず、マリアは身を離した。

「……お怪我は？」

「ない。しかし、痴漢は気持ちのいいものではないな……女性はもっとつらいだろうに」

陰から声がかかり、マリアは眉を顰めて返事をする。そして、その姿が唐突に霞のように揺らいだ。

僅かな魔術の霧が晴れると、路地の石畳みを、じゃり、と音を立ててブーツの踵が踏みしめた。

姿を現したのは、騎士服を着崩した燃えるような赤毛に翡翠色の瞳の青年、第二王子マーカス・エメロードだ。

「この男はいかがいたしましょうか」

「近くの警邏隊に引き渡しておいてくれ。今回はたまたま俺だったが、次は本当に女性に乱暴を働くかもしれん、きちんと反省させろ」

「はっ」

その返事と共に、陰からこれといった特徴のない男が一人現れて、気絶した酔っ払いの肩を抱いて表通りのほうに去っていった。その背を見送って、マーカスは溜息をつく。

「……ちょうどいいかと思ったが、こんな餌では本命は食いつかんか」

がしがしと赤毛を掻いて、彼も路地の暗がりの中に去っていった。


明けて翌日。

セシアは今日も書類仕事に追われていた。

「セシア、このナンバーの資料揃えてきてくれ」

「はい」

キースに言われて、メモを片手に部屋の奥にズラリと並ぶ書類棚から資料の束をピックアップしていく。

「先輩、揃いました」

「ああ、悪いな。次はその資料の数字と、こっちの数字を照らし合わせていってくれるか」

今出してきた資料と別の書類の束を指して言われて、セシアは頷く。

向かいの席でキースも同じ作業をしてるのが見えて、それを参考に照らし合わせていった。

「この数字ってなんの数字なんですか？」

「……密入国者と、逆に国から正規の手続きなしに出ていった者の数字だな」

「？　それってうちの部署に関係するんですか？」

「広義で関係している。金が絡む案件は、全部ウチに関係があるんだよ」

キースの妙な言い方に、セシアは眉を寄せた。

「世の中にお金が関わらないことのほうが少ないんだし、それを言ったらなにもかも関係しませんか？」

その言葉に、キースは黙ってニヤリと笑う。が、返事をするつもりはないらしく、書類のほうに視線を戻してしまったので、セシアとしてもこれ以上は追及する糸口を見つけられずに、仕事に意識を移した。

「……国から出ていく人も多いんですね」

「まぁ、本人が望んでかどうかは知らんがな」

キースの書類を捲るペースは速い。

セシアはまだ彼のペースに追いつくことは出来ないがミスなく確実に、その上で出来る限り早くこなしていこう、と数字の羅列に集中した。

午前中いっぱいをその作業に費やし昼休憩の時間になったので、セシアは同期のロイと共に食堂に来ていた。

城で働く者が使うことを許されているそこは、様々な仕事に就いている者でごった返している。

「うわー今日も混んでる……セシアさん、席取っておいてもらっていいですか？　僕、二人分受け取ってくるんで」

城の下層に位置する食堂のメニューは、安くてボリュームも栄養も満点の日替わり定食一択だ。

上層にもう一つ食堂があるが、あちらは仕官している貴族が使うことが多く、メニューも豊富だがなにやら長い名前のものが多く、なにより値段が高い。

「ＯＫ、お願いね」

言って、セシアはなるべく近くで二人掛けの席を探す。

と、ちょうど前の人が席を立ち二人掛けのテーブル席が空いたので、そこに滑り込む。

「よし！」

小さく呟いて、列に並ぶロイの姿を探そうと顔を上げると、ちょうど歩いてきた人物とばっちりと目が合った。

「あなた……」

その人物は、一度目の学園生活で〝セリーヌ〟にことあるごとに突っかかってきていたロザリー・ヒルトン伯爵令嬢だった。

セシアは内心驚いたものの、こういったこともあるだろうと想定していたため、慌てず騒がず、首を傾げてみせる。

「私に、なにか……？」

「……いえ、知り合いに似ていたものだから……失礼」

ロザリーはサッ、と連れの女性達とその場を去っていく。

服装などから察するに、王城で貴人の侍女を務めているのだろう。爵位の高い令嬢でも、自身の価値を高めるために侍女として働くのはままあることだ。

初めて城内で会ったので、普段は上層で過ごしているのだろう。

「お待たせしました、セシアさん！　……ん？　誰か今、いました？　知り合いですか？」

そこにトレイを二つ持ったロイが、テーブルに駆け寄ってきた。

「ううん、なんか人違いだったらしいよ」

「へぇ？　セシアさんみたいな美人、見間違えようもなさそうなのに」

「ロイくん！　……君は見どころがあるね、唐揚げを一個あげましょう」

「ありがとうございます！」

さっと、セシアは自分の皿から唐揚げを一つ、ロイの皿に移した。

それからそれぞれ食前の祈りを捧げて、カトラリーを手に取る。

「最近セシアさん、キース先輩の仕事ばっかり手伝ってますね。指導係はレイン先輩なのに」

「ねー。レイン先輩は、そっち手伝ってあげてって言ってくれてるんだけどね」

「キース先輩は人に押しつけるのがとても巧みな人なので、セシアさんも気をつけてくださいね！」

「ロイって結構言うよね……」

セシアは、つい笑ってしまった。

いくつかの話題を経て、ロイが食堂に掛かったカレンダーを見遣る。

「あー次の休暇が待ち遠しいですね。ようやく初任給が入るので、僕は本屋に取り置きしてもらってる本を買いに行くんです！」

唐揚げを咀嚼して、ロイは機嫌よくそう語った。

同期なのだから敬語は必要ないと言っても、「年上の女性にそんな失礼は出来ません」と彼は丁寧に接してくれる。王都にあるものとは違う、別の地方の学校にストレートで入学、卒業したロイは、セシアより二歳年下なのだ。

「ロイは本当に読書家ね」

「セシアさんもよく本を読んでいるじゃないですか」

「あれは城の図書館で借りた経済学の本よ」

一度目に学園に通っていた時には選択科目として経済を取っていたが、セシアの持つ知識はそれだけだ。経理監査部、だなんてちょっと変わった部署に配属になったが、経理というからには基本的な経済学の知識は入れておいて邪魔になることはないだろう。

「私の場合は、基礎知識が足りないから補うために読んでるんであって、読書は趣味ってわけじゃないもの」

彼女がカップのお茶を飲みながら言うと、ロイは頷いた。

「なるほど。でも、じゃあ勉強熱心なんですね。僕も頑張らないと」

無邪気にそう言う彼に、セシアは眩しい思いがする。経済学の本を読んでいるのも、二度目の学園生活では得ていないはずの知識を持っていては怪しまれるからという理由で、それをカバーするために読んでいるところもあるのだ。

ロイに褒めてもらえるようなことでは、ない。

「セシアさんも休日楽しみですよね？」

彼にそう訊ねられて、自分の分の唐揚げを頬張りながらふと次の休暇の予定を思い出し、セシアはげんなりしてしまった。

「このショコラムースと、柑橘のタルト……ううん、やっぱり梨のタルトにするわ。それとチーズケーキ！」

休日。セシアは、王都の貴族街にある店に来ていた。

予約必須であり、客一組ずつに個室が用意される貴族の好みそうな高級喫茶店だ。

落ち着いた飴色の家具、精緻な刺繍の施されたクッション、磨き抜かれたシャンデリア。

向かいの席にはメイヴィスが座っていて、今日は比較的シンプルな外出用のドレスを身に纏っている。ちょこんと座っている姿がまるで人形のように可愛らしい。

王族ってこんなに簡単に城下に降りられるものなんですか？

セシアは疑問に思う。先日のマリアは、まあマリアなのでなにも言うまいと思っていたが、正真正銘箱入りのお姫様であるメイヴィス王女殿下が、貴族街とはいえ城下の喫茶店でお茶をしている光景なんて、ド平民のセシアは想像したこともなかった。

当然、目立たないように大勢護衛がついているのだろうけれど、今は店の給仕以外には、扉の横に立つ侍女長のアニタしか確認出来なくて不安になる。

「どろ……あなたはなんにする？」

「私は、お茶だけで十分です」

また泥棒猫って言おうとしたな⁉

セシアはぎょっとしたが、場を弁えているのかメイヴィスが言い直したため、セシアのほうもごく落ち着いて対応した。

「食べないの？　ここのケーキは小さいし美味しいわよ。遠慮しなくても、勿論私が連れてきたんだからご馳走するわ」

「じゃあチーズケーキとほうれん草のキッシュをお願いします」

あっさりと手の平を返した上に考え得る一番がっつりしたメニューを選択したセシアに、メイヴィスはぽかん、と口を開けた。

「……お腹減ってるの？」

「はい。食事まだだったので」

「軽食を用意させましょうか……？」

「いえ、ケーキが売り物の店に無理は言えません」

単純に昨夜セシアは図書館で借りてきた面白い論文を読みふけっていたせいで夜更かししてしまい、この約束の時間ギリギリになってしまったため食事をしていないだけだ。

人を欠食児童のように見る目はやめていただきたい。が、ご馳走してくれるというのを強く拒否するつもりもない。

「そう……まぁいいわ」

なんとか折り合いをつけたらしいメイヴィスが、居住まいを正す。

それから彼女は、母と兄とお揃いの翡翠色の瞳でじろじろとセシアを観察してきた。

寝坊したので適当に櫛（くし）を入れただけの髪や、シンプルな服装はこの店では明らかに浮いている。メイヴィスの尊敬する兄に相応しい淑女には、どうしたって見えないと判断したらしい。

「あなたには、いくつか質問に答えてもらうわ！」

「マーカス殿下とは恋仲じゃないですし、愛人でもないです。学生だった頃に後見をしていただいていたご縁で、城内でお見かけした際にはご挨拶させていただく程度の仲です」

メイヴィスの言葉に被せるように、セシアはいつもの定型文を口にする。

第一王子殿下は国王陛下そっくりで、岩を削っていけば彼のようになるのではないか、と言われているほど厳格な人柄で知られている。

勿論名君である父王譲りの才覚で将来素晴らしい国王陛下になられるだろう、と国民は皆王太子殿下を慕っているが、同時に恐れ多く近づきがたい気持ちを抱いていることも事実だ。

その点、他国から嫁いできた王女が生母であり、文化と芸術を愛し、王立学園の理事にも名を連ねているマーカス第二王子はその華やかな容姿や、王の名代として比較的重要度の低い式典などの出席も任されている身であることも相まって、国民にとっては親しみやすく人気が高い。

正妃と側妃と母は違えど兄弟仲はすこぶるよく、世継ぎ問題などとは無縁。国民は国の次代は盤石(ばんじゃく)だと確信している。

そのため、人気のある第二王子を好きだと公言することに対して誰も戸惑いがなく、王城内にも彼のファンは多い。

結果、セシアは学生時代と変わらず、

「あの方に目をかけられてるからって、いい気になるんじゃないわよ！」

と呼び出されることの多い日々を送っているのだ。

学生の時ならばいざ知らず、就職して社会人となったセシアはもう大人だ。一人一人と戦って勝利していくわけにもいかず、この定型文をお伝えすることでなんとかお帰りいただくようにしている。

事実、セシアとマーカスの間には現在元後見人と元被後見人、という関係しかないのだから。

マリアのことを考えると話は少しややこしくなるのだが、マリアの存在自体が秘密なので、わざわざ話す必要はない。

「そ…………そんなこと、まだ聞いてないじゃない！」

また小さな口をぱかん、と開けていたメイヴィスは、顔を赤くして慌てる。

セシアとしては王女を揶揄うつもりは毛頭なく、ただ手間を省いてさしあげたつもりだったのだが、彼女はぷりぷりと怒り出してしまった。

「え、でも王女殿下が私を呼び出して聞きたいことなんて、王子との関係ぐらいですよね？大丈夫です、私こういうの慣れているので」

「……慣れてるの？」

セシアの返事が予想外だったようで、純粋培養の素直なメイヴィスが恐る恐る聞いてくる。

この短い間に何度も思ったのだがこの王女様、確かまだ十三歳だと聞いてはいるものの、ここまで純粋で大丈夫なのだろうか。

あの食えない兄に万が一にも似て欲しくはないが、もう少し警戒心や狡猾さを身に着けないと、この先大変なのではないだろうか、とセシアは休日返上で呼び出しに応じている身ながら心配してしまう。

「ええ。学生時代も今も、しょっちゅう呼び出されては水を掛けられたり、教科書を破られたり……」

セシアが言うと、メイヴィスは口元に両手を当てて震えた。

「なによそれ！　そんな酷いことをされていたの⁉　学園は日々生徒達が共に学業に励む場だと聞いていたのに！」

メイヴィスは悲鳴のような声を上げた。

どうやら本気で憤っているらしいメイヴィスに、セシアのほうも目を丸くして驚く。

メイヴィス自身、セシアを休日に呼び出して文句を言おうとしているのでは？　と。

「あ、あなた、わたくしまでそのイジメていた者達と同じだと思っているの⁉　失礼な！」

「え、でも、やってることは、その人達と同じですよね？」

セシアにそう言われて、メイヴィスは怒る前に青褪める。

確かに、王女という権能を振り翳して、セシアが休日であるにもかかわらず呼びつけたのはメイヴィスだ。

「確かに……そ、それは、悪かったわ。謝ります」

とても素直に頭を下げられて、今度はセシアのほうがぎょっとする。

「あ、頭を上げてください。よく知らないけど、王族って謝っちゃいけないんでしょう？」

慌ててセシアがそう言うと、メイヴィスは顔を上げ首を横に振った。

「正しくは、王族は間違えてはいけない、のよ。でも、私は既に間違った、ならば謝罪するのは王族ではなく、人として当たり前のことだわ」

幼くともこの矜持の高さは、まさに王族と言えるだろう。その姿勢に感心して、セシアは毒気を抜かれてしまった。

「……いえ、もう休日出勤してしまっているようなものなので、構いませんよ」

セシアはなんだか可哀相になってきて、わざと軽く言った。

相手は小さな女の子だ。反省してくれたのならば、それでいい。ケーキをご馳走になったら早々に帰って寝たい。

「……ありがとう」

ホッとした様子のメイヴィスに、セシアも胸を撫で下ろした。

そこでノックの音がして、店員がケーキやティーセットの載ったワゴンを押して入室してくる。

会話が途切れるのも不自然な気がして、セシアはメイヴィスに訊ねた。

「……ところで、さっきので答えになってますか？　お兄様の交友関係が気になって私に声をかけられたんですよね？」

王子、とは言わずにセシアが確認すると、メイヴィスは受け入れにくそうにしながらもコクリと頷いた。素直な少女なのだ。

「最近お兄様は忙しくて、定期的に設けていた二人でのお茶会も何度か断られているの」

店員が部屋を出たのを確認して、セシアは言葉を返す。

「……マーカス殿下は学園の理事もなさってるし、春先はご多忙なのでは」

「……ええ、そうね。あなたの後見を務めてから、将来有望で身よりのない平民の後見なども務めるようになってしまって……」

取りなすつもりで言ったことだったが、お前のせいで、というニュアンスを感じてセシアはしまった、と顔を顰める。

件の学園内の不正を暴いた際に、複数の理事が横領で捕まり理事のポストが空いてしまったため、調査の責任者だったマーカスが理事の座に就いた。

そのおかげで、セシアは彼の後見を得て学園に通うことが出来たのだ。その後もマーカスは毎年数名の平民の後見を務めていて、彼らは皆優秀な成績を修め、卒業後は国に貢献している。

彼自身は「人気取りの慈善事業」だのなんだの嘯いてはいたが、多忙な王子が更に縁もゆかりもない平民の後見を務めるというのは、政治などなにも分からないセシアでも立派なことだと思っていた。

「ああいうところは、王子様っぽいですよね」

「見た目も中身も、お兄様ほど王子様っぽい方なんていないわ！」

このようにブラコンは証言するが、セシアには頷くことが出来ない。

なにせ、セシアにとってマーカスは悪童のような笑顔の似合う、かなりいい性格の男なのだ。

加えてマリアには比較的頻繁に会うものの、マーカスに会うことは非常に稀だ。

それこそ定型文で説明した通り、王城でばったり会うこともなくはないが、本当に元後見人として二言三言挨拶を交わす程度の関係だった。

むしろ本来の王子としての彼の姿のほうが、印象が薄い。

でも、メイヴィスの兄への心酔ぶりを見るに、マーカスは彼女にとってとてもいい兄であり、理想的な王子なのだろう。

勿論それもマーカスの一面なのだろうけれど、妹ですら知らない彼の別の面をセシアが知っている、というのも奇妙な気がした。

セシアはううん、と唸りつつ、チーズケーキにフォークを入れて、一口食べる。せっかくの奢りだ、残さずいただこう。

「！　美味しい……!!」

正直奢りだし、としか思わず全く期待していなかったチーズケーキの美味しさに、セシアは唸った。

もっとお貴族様の好きな、高級なリキュールの味がしたり、謎の葉っぱの装飾がなされている大きな皿に盛られた可食部の少ないものを想像していたのだが、どっしりとしたピースでみっしりと詰まったどこか素朴でシンプルなチーズケーキは、文句なしに美味しかった。

逆に、貴族の好みそうな見た目のこの店で扱っていることが不思議なぐらい、オーソドックスなものだ。これはさぞかし赤ワインに合うだろう。未成年の王女の前で言うわけにもいかないが、そうセシアは確信する。

すると、メイヴィスは驚くほど嬉しそうな笑顔を浮かべた。

「そうでしょう！　ここのチーズケーキはとても珍しい、洗練された旨味があるわよね」

「洗練…………まぁ、そうとも言えますかね」

単純にシンプルなだけでは。

セシアが言葉を紅茶と共に飲み込むと、メイヴィスはうんうん、と満足気に頷く。

「このお店は以前、お兄様がお忍びでお出掛けになった時に、わたくしにお土産を買ってきてくださったお店なの！　あなたを口実にして、一度来てみたかったのよ」

「……ここのケーキは小振りだのなんだの言っていたのは」

「あ、あら嘘じゃないわよ！　時々人をやって、買ってきてもらっていたもの！　……お店に来るのは初めてでも、ケーキの味はちゃんと知ってるわ！」

メイヴィスは、恥ずかしそうに頬を赤らめてツンとそっぽを向いた。

可愛いな、この子。

セシアは素直に思う。

そりゃあ、あの悪童王子も、こんなに中も外も可愛い妹がいれば可愛がるだろう。

「……チーズケーキ。マーカス殿下がお土産に下さったものなんですね？」

セシアがつい微笑んで聞くと、メイヴィスは唇を尖らせたまま、それでもどうしようもなく嬉しそうに頬を桃色に染めてコクリと頷いた。

その姿を見て、セシアは一気にメイヴィスに対する好感度を上げてしまう。セシアには兄弟はおろか両親もいないが、こんなふうに衒いもなく家族のことを大切にしている姿を見るのは、気持ちのいいものだ。

家族とはいえ王族同士では同腹であっても仲が悪いことも珍しくないそうなので、マーカスとメイヴィスの兄妹仲がいいことがセシアには嬉しかった。

単純な考えだが、家族を大切にすることはとても重要なことだと思うのだ。セシアに家族がいないからこそ、その思いが強いのかもしれない。

なんだかんだでメイヴィスとセシアは打ち解け、店を出る頃にはかなり距離が近くなっていた。

他に人目のない個室だったことが幸いしたが、城に戻ればセシアがこんなふうに王女と親しげに話すだなんて不敬行為なので、これ以降は難しいだろうな、とも思う。

連れ立って店の外に出ると、

「馬車を回してきます」

アニタがさっ、と頭を下げて、きびきびと路地を曲がる。

近くに、馬車を待機させているのだろう。相変わらず有能な侍女長だ。

「あなたも一緒に乗せていってあげるわ」

ツン、とした様子で言われて、嫌なら誘わなければいいのに、とセシアは片眉を上げる。

「いえ、申し訳ないのでいいです。歩いて帰れる距離だし」

「まぁ、可愛くないわね！　王女の厚意を断るっていうの!?」

「だって目立ちたくないし」

「ちゃんと使用人の寮から少し離れたところで降ろしてあげるわよ！」

ぷんぷんと怒るメイヴィスに、セシアはなぜそんなに送りたがるのか理解出来ない。

「いえいえ、買い物もして帰りたいですし……」

セシアがそう言いかけたところで角から突然男が二人現れ、こちらに猛然と走ってきた。その一人が強引にメイヴィスの体を抱き上げる。

「きゃあ!?」

驚いたメイヴィスが悲鳴を上げるのを見て、咄嗟にセシアはメイヴィスを抱き上げた男の膝裏を蹴り飛ばす。

「うわっ!?」

まさか女に攻撃されるとは思ってもいなかったらしい男が、がくんと体勢を崩したので、セシアは両腕をメイヴィスのほうに差し伸べた。

「こちらへ！」

声を聞いて、メイヴィスもセシアの腕に抱きつく。

だが、別の男に体当たりされて、二人は地面に横転する。メイヴィスが怪我をしないように下敷きになったセシアは、ふらつく頭を振って王女の体を抱き込んだ。

アニタは向こうに行ってしまったが、王族のお忍びだ。当然護衛がどこかにいるはず。奇襲さえ阻止出来れば、彼らが駆けつけてメイヴィスを守ってくれるだろう。

「おい、なにやってる！」

「クソ、だってこの女が……！」

襲撃者達は荒っぽい様子で怒鳴り合い、再びこちらに腕を伸ばしてきた。

早く来い護衛！　と内心叫びながら、お忍びで来ているのだから、と助けを大声で呼ぶべきなのかセシアは迷う。その一瞬の迷いが悪手だった。

思えば、迷うことなく叫べばよかったのだ。もしくは、魔法を使って彼らを吹っ飛ばすなりなんなり、反撃をすればよかった。

一瞬迷った隙を突くようにして、セシアは背後から現れた三人目の男に頭を殴られる。ガツッ！　と音がして気絶する寸前、メイヴィスの悲鳴が耳をつんざいた。

「セシア!!」

次にセシアが目を覚ますと、粗末な部屋の床に転がされていた。ご丁寧に縄で手足をそれぞれ拘束してある。

「………痛い」

記憶を辿って最後に自分の頭が殴られたことを思い出すと、途端に頭痛が増した。

セシアが顔を顰めつつなんとか体を起こすと、そばに大人しく座っていたメイヴィスが顔を上げる。

「セシア……大丈夫？」

「頭を殴られたので、大丈夫かどうかはまだ分かりません……私、王女殿下と一緒に誘拐されたんですか？」

現状を確認したくて聞いたのだが、メイヴィスはそれを聞いて表情を歪ませた。

「ごめんなさい。わたくしと一緒にいたから、あなたまで巻き込んでしまって」

「…………」

事実なので、セシアには慰めの言葉もない。しかも被害者は自分なのだ。

「悪いと思うなら、ここから無事に脱出出来たら償いをしてください」

セシアがそう言うと、悲壮な顔でメイヴィスは頷く。

「なんでもするわ……！」

正直巻き込まれたのは困るが彼女が犯人なわけでもなし、そこまで気に病んでもらう必要もセシアとしては感じていない。

「いや、そんな大層な……あの店のチーズケーキ、美味しかったのでまたご馳走してください」

あっさりとセシアが言うと、メイヴィスはきょとん、と大きな翡翠色の目を丸くする。

「そんなことでいいの？　わたくしの持つ、国宝級の宝石を進呈することまで覚悟したのに……！」

「荷が重いですよ、それ」

メイヴィスの覚悟に、セシアは苦笑する。換金しやすい小粒の宝石は大歓迎だが、国宝級のものなんて貰ってもセシアにはどうしようもない。

「いくつか気になることもあるし、まずはここから逃げることが先決ですね」

「…………そうね」

きゅっ、と唇を噛んで泣くのを我慢したメイヴィスに、自然とセシアは微笑む。気丈な子だ。

ぎゃあぎゃあ泣き喚かないだけでも、さすがだと思う。

「ここに来る時、王女殿下は意識があったんですか？　あの店からどれぐらい離れた場所か分かります？」

セシアが聞くと、メイヴィスは考えるように口元に手を当てた。

「……誘拐犯達があなたを気絶させた後、すぐそばに停まっていた馬車にわたくしとあなたを乗せたの。でも、出発するとすぐに目隠しをされてしまって……ここがどこなのかは分からないわ」

申し訳なさそうにメイヴィスが締めくくったが、さすがに誘拐犯達も馬鹿ではないだろうから、セシアはメイヴィスの証言にそこまで期待はしていなかった。

そして思い出す。

確かに、農夫が使いそうな幌馬車が店のそばに停まっていた。

納品かなにかで訪れていたにしても裏口のほうに停めるものだろう、と貴族街には珍しかったのでセシアも気にはなっていたのだ。

そして恐らく、その幌馬車が停まっていたせいで、メイヴィスの迎えの馬車は店の前で待機出来なかったのだ。

だとしたら、犯行は周到に計画されていて、犯人はただ貴族街を歩く令嬢を狙ったのではなく、メイヴィス王女殿下と知っていて狙ったことになる。

「私のことは、付き添いかなにかだと勘違いしたんでしょうか」

「そうね……あなた、わざと粗末な服を着て、王女の侍女だと目立たないように変装している……かのような格好だし……」

「人の普段着を粗末とか言っちゃダメですよ。両耳引っ張りますよ」

じろっ、とセシアがメイヴィスを睨むと、彼女は慌てて縛られた状態の不自由な手で耳を隠そうともがく。

悪い子ではないのだろうが、ナチュラルに失礼なことを言う王女様だ。

「だっ……大体、あなた縛られてるんだから、耳なんて引っ張れないでしょう⁉」

メイヴィスはそう言うが、耳を隠そうとした姿勢のままだ。

その強気なんだか弱気なんだか分からない姿勢に、フッ、とセシアはニヒルに笑ってみせた。

「縛られている？」

ぐっ、と腕に魔力を乗せ身体強化して手首を左右に離す。

ぶちぶち！　と鈍い音がして、縄が引きちぎられた。

「……私を捕まえるなら、魔法錠ぐらい用意して欲しいものですね」

「か、怪力……！」

「耳引っ張りまーす」

わきわきとセシアは両手の指を動かした。

メイヴィスは慄(おのの)くが、セシアは無視して脚を縛っている縄をこちらはきちんと解いて外す。

窓には板が打ちつけられていて外を窺うことは出来ないし、出入り出来るのは扉だけ。床は冷たい石造り。

窓の板を外して出ることも考えたが、ここがどこなのか分からないまま窓からメイヴィスを連れて出るのはリスキーだ。

「……王女殿下、馬車に乗っていた時間はどれぐらいでした？」

「え？　ええと……確か」

時間を聞いて、セシアは馬車でその時間走ったならば王都近郊だな、と当たりをつける。

メイヴィスの手足の縄も解いてやって、セシアは部屋のあちこちを調べ始めた。

ドアに触れると、石壁と建て付けの悪い木製扉の間には僅かに隙間があり、そこから視野は狭いながらも部屋の外が見えた。

暗い廊下が続いているようで、人の気配はない。セシアとメイヴィスの両方を縛って閉じ込めておいたので見張りも不要だと思われたのか、人手が足りないのか、もしくはもっと別の理由があるのか。

「外に出ていいものかどうか……」

彼女が悩んで唸ると、縛られていた腕を擦っているメイヴィスが不思議そうに首を傾げた。

「あら、どうして？　あなたは魔法が得意なんでしょう、誘拐犯達に出くわしてもやっつけちゃえばいいじゃない」

簡単に言われて、どう説明したものか、セシアは悩む。

「王女殿下。私は小手先の魔法は多少得意ですが、戦闘訓練を受けた兵士でもなんでもない、ただの文官なんです。それは、剣を持っているのだから戦場で活躍出来るでしょう、と言っているようなものですよ」

「あ……わたくしはまた間違ったのね、ごめんなさい……」

しゅん、と項垂れるメイヴィスに、セシアは苦笑を浮かべる。あまりにメイヴィスが素直なので、セシアは調子を狂わされっぱなしだ。今までセシアが相対してきた令嬢達は皆セシアに対して攻撃的だったので、セシアのほうとしても負けないようにずっとファイティングポーズを取っていた状態だった。

「構いません。ほら、今度は間違えないように、気を取り直していきましょう」

「……ええ。ありがとう……あなたは、素敵な人ねセシア」

メイヴィスがぎこちなく笑う。その言葉に、セシアは驚いて目を丸くした。

「……そんなこと、初めて言われました」

「そうなの？　あなたは寛大で、思慮深く、優しい人なのだと思ったけど……」

「褒めすぎですよ」

恥ずかしげもなくそう言う王女に、セシアのほうが赤面する。それを見て、メイヴィスのほうもようやく笑顔からぎこちなさが消えた。

「でも、まぁ。縛って転がしておいた、ということは今すぐ殺すために誘拐したわけではないようですし、近くに見張りもいないので出てみましょう」

行動あるのみ！　とセシアは扉に触れる。

鍵は外側に閂(かんぬき)でかけられているだけだったので、それを魔法で持ち上げて解錠した。

「……器用ね！」

「それは、よく言われます」

セシアはつい、ニヤッと笑ってしまった。

それから扉をゆっくりと開いて、廊下の様子を窺う。

薄暗い廊下は人気がなく、シンとしている。誰にも会いませんように、と祈りながら、セシアはメイヴィスと共にそろそろと廊下を歩き始めた。

設えから予想するに、ここは資材などを置いておくための倉庫の一つだと考えられる。

二人が閉じ込められていたのが一番奥の部屋だったため、出口に向かう方向を間違えなくていいのは助かるが、逆に言えば犯人達と鉢合わせする可能性も高まるのが恐ろしい。

「……なるべく頑張りますけど、いざって時は私を置いて逃げてくださいね、殿下」

小さな声でセシアが言うと、メイヴィスは首を横に振る。

「…………どちらかが逃げて、助けを呼ぶほうが助かる確率は上がります」

「その場合、侍女だと思われているあなたが残るより、王女だと知られているらしいわたくしが残るほうが、生存率は高いんじゃないかしら」

恐らく王女は、殺されない。交渉の材料だからだ。

引いてくれる様子がない頑固なお姫様に、セシアは肩を竦める。これで王女だけを逃がす道は絶たれてしまった。

「……あなたがもっと馬鹿ならよかったのになぁ」

「お生憎様」

メイヴィスは口調だけはツン、としているが、まるで一人では逃げない、とばかりにセシアの手を握ってくる。

「……」

セシアも無言で、その小さな手を握り返した。

廊下を歩いていると、ようやく曲がり角に当たる。廊下は左右に続いていて、どちらに進むべきか迷う。両側に部屋がある中廊下なので、窓もなく小さな常夜灯のみが灯りとして機能している状態だ。

と、メイヴィスがセシアの腕を引く。

「セシア、あの部屋、声がしない？」

小声で言われて、セシアも頷いた。

また二人でそろそろと該当の部屋に近づき、様子を窺う。

自分達が閉じ込められていた部屋と同じような扉で、やはり同じような閂が外からかかっていた。

「んー……」

扉にそっと触れると、これまた同じように僅かに隙間が出来たので恐る恐る中を覗くと、複数の女性が後ろ手に縛られて座っているのが見える。

「……女性？」

メイヴィスもセシアの後に続いて覗き込んで、首を傾げた。

「どうするの、セシア」

「どうって……縛られてるんだから、犯人ってことはないですよね……同じように誘拐されてきた人達でしょうか」

セシアはしばし、悩む。が、判断材料がない。ならば良心に従うまでだ。

「見て見ぬフリは出来ません、解放しましょう……あと、一応情報が得られるかも」

閂を抜いて、セシアはゆっくりと扉を開く。

中にいた女性達は、扉が開いたことに怯えた様子を見せたが、現れたのが若い女二人だったので不安そうに視線を彷徨わせた。ぐるりと見回して、セシアは口元に指を立てて小さな声で囁く。

「騒がないでください。皆さんは誘拐されてここに来たんですよね？」

聞くと、彼女達はまばらに頷いた。

「……助けに来てくれたの？」

誰かが言い、空気が一気に明るくなるが、ここで嘘はつけないのでセシアは首を横に振った。

「残念ながら、我々も誘拐されてきた側です。ただ、鍵を開けて逃げてきたので、皆さんのことも解放します」

言って、セシアは手近な人の縄を解いてやった。

「隣の人の縄を解いてあげてね」

安心させるように口調を和(やわ)らげて言い、次々女性達を解放していく。解放された者も順にそばの者の縄を解いていったので、さほど時間がかかることなく全員の縄を解くことが出来た。

「誘拐犯の人数とか、彼らの目的とかなにか聞いた人っている？」

セシアが聞くと、彼女達は顔を見合わせつつ首を横に振る。皆、セシア達同様、突然誘拐されたようだ。

しかし若い女性ばかり、貴族の令嬢ならば家族が捜索するので大事になり失踪が明るみに出るが、どうやらここにいるのは平民の、それも貧しい暮らしをしている女性ばかりのようだ。

これでは、失踪したことに気付かれていない者もいるかもしれない。

考えつつ、もう一度確かめるようにぐるりと女性達の顔を見回したセシアは、奥に赤毛に翡翠色の瞳の女性を見つけてぴたり、と静止した。

「！」

そこに他の被害者の女性同様大人しく座っていたのは、紛れもなく見慣れた親友・マリアで、皆にバレないようにぱっちりとウインクをしてきたのだ。

なにやら面倒な気配がしてきて、セシアはうんざりとしつつ溜息を口の中で噛み殺した。

「セシア？」

メイヴィスに声をかけられて、セシアはぎこちなく振り向く。

さりげなく赤毛の女性とメイヴィスの間に自分の体が入るように立ち位置を変えて、首を傾げてみせた。

「なんです、メイ様」

万が一のことを考えて、メイヴィスが王女だとすぐにバレてしまわないように、愛称で呼ぶことは予め話し合っていた。

犯人は知っているらしいので意味はなかったかもしれないが、他の被害者女性に王女が誘拐されていることは知られないほうがいいだろうから、現在の展開は予測していなかったが決めておいてよかった、とセシアは内心胸を撫で下ろす。

ないと思いたいが、この誘拐されてきた女性の中に犯人側のスパイがいないとも限らない。別の意味で、既にスパイは紛れ込んでいるようだが。

「あまりここに長居しないほうがいいのではなくて？　情報が手に入らないようならば、皆で早々に脱出しましょう」

「そうですね」

セシアは頷いた。メイヴィスも守るべき国民を前にして、王族としての冷静さが戻ってきたらしい。

振り向くと、女性達はセシアに注目していた。注目されるのは、慣れていないので苦手だ。

だが、彼女達にきちんと説明をしなければ。

「皆、聞いて。さっきも言ったように私達も連れてこられた側だから、ここがどこなのか、犯人が何人いるか全然分かってないの。当然騎士でもなんでもないので、この後皆を守って一緒に逃げることも出来ない」

「じゃあなんで私達を解放したのよ！　見つかったら、逃げようとしたからって殺されるかもしれないのに！」

一人の女性がヒステリックに叫ぶ。

「……あんた達を解放したのは、私の我儘だよ。拘束されたままでいるのを、そのままにしておいたら良心が咎めるから。親切心や、慈愛の気持ちとかじゃない」

更に口調を砕けたものに変えて、セシアはハッキリと言う。

人助けをしたとは思っていない。

ひょっとしたら、このまま誘拐されたまま犯人の目的に使われることを望んでいた人も、いたのかもしれない。

「……いいことした、なんて思ってない。残りたい人は残って。逃げたい人は逃げて。自分のことは、自分で決めて」

無理矢理連れてこられて、選択肢がないまま流されるのを見ていたくなかったのだ。

セシアが言うと、ほとんどの女性は部屋を出ていった。彼女達も状況は理解出来ていて、叫び声を上げたりせず、しかし急いで外を目指して走っていく。

「で、なんであんたがいるのよ」

そのどさくさの中でセシアは赤毛の女性、見慣れた姿のマリアに近づいて声をかける。

マリアは苦笑をして、手を降参のポーズに掲げた。

「いやぁね。私だって誘拐されてきたに決まってるでしょう？　怖かったぁ……」

うるっと嘘泣きをするマリアの耳をセシアは容赦なく引っ張る。

「妹姫の前でやる？　それ？　やる⁇」

じろっとマリアを睨んで、セシアは女性達が出ていくのを心配そうに見送っているメイヴィスを示す。幸い彼女はまだこちらのやり取りに気付いていない。

妹の頼りない華奢(きゃしゃ)な背中を見遣って、マリアは真顔になるとセシアの手を握った。

「……メイのこと、守ってくれてありがとう。あなたがあの子のそばにいるって分かってたから、落ち着いて作戦行動が取れたわ」

「成り行きだけどね……ん？　作戦？」

マリアの言葉にやれやれと首を振ったセシアは、そこで眉を寄せる。

失踪すれば最優先で捜索が始まるはずの王女を誘拐しておいて、放置していた犯人達。

未だ、この広い倉庫の中で彼らと遭遇していない現状。

「……この状況って、あんたが関係してるの？」

「さすが察しがいいわね、セシア。この倉庫街一帯を現在騎士隊が包囲しているの。ここではね、エメロードの見目うるわしい女性を誘拐して、他国に密売する……人間の輸出が行われていたのよ」

人間の輸出、という言葉にセシアは青褪める。

「王女殿下も？」

小さな声で聞くと、マリアは首を横に振った。

「メイは、誘拐対象としてリスクが大きすぎる。最近ようやくこのアジトを突き止めて、私が囮として誘拐される形で潜入してきた後に、あなた達が誘拐されてるから……」

「……そろそろ潮時だと見て、リスクを冒してでも大物を誘拐した、って感じかしら」

「そのあたりが妥当だと思うわ」

「それって、あんた達の動きも犯人側に筒抜けの可能性あるわよね、大丈夫なの？」

マリア、もといマーカス達が誘拐犯のアジトを突き止めてからさほど時間が経っていないのに、犯人達はリスキーな最後の大仕事を敢行している。

単純に考えれば、追跡者達にアジトがバレたことを知っての派手な行動だろう。

「そこは、国の威信を懸けてなんとかするわよ」

言って、マリアはすっくと立ち上がる。

「悪いけど、もうしばらくメイのことお願いしていいかしら。私は外にこの状況を知らせてから、後を追うわ」

マリアの、コーラルピンクの爪先に魔力が集まる。魔法で伝令かなにか飛ばすのだろう、セシアにはまだ出来ない魔法だ。

誘拐されてからもこうして外部と連絡を取っていたから、メイヴィスとセシアが共に誘拐されたことをマリアは知っていたのだろう。

「……いいけど。助けに来るなら王子様の姿にしてよね！」

「あら、セシアも王子様に助けられたい願望があるの？　もう、隅に置けないわねっ！」

なぜかうきうきと嬉しそうに笑うマリアに、セシアはへっ、と舌を出してみせた。

「私じゃないわよ、ブラコンのお姫様のためよ！」

セシアが指し示すと、不安そうなメイヴィスをマリアは見遣る。

妹の体に傷一つついていないことを認めて、マリアは柔らかく微笑んだ。

「分かった。颯爽と白馬に乗って、助けに行くわ！」

「いや、普通でいいけど。女装姿見せたら可哀相なだけで」

結局部屋に残る者はおらず、セシアはほっとしてメイヴィスと共に最後に部屋を出た。

またメイヴィスが手を繋いできたので、セシアもそれに応じる。小さな手は温かく、セシアの勇気を奮い立たせてくれた。

「……あなたは立派だわ、セシア」

「なんです、急に」

「彼女達を解放することで、危険は増したはず。けれど、見て見ぬフリをしなかったあなたの行動は、勇敢だったと、わたくしは思うの」

前を向いて警戒して小走りに駆けながら、メイヴィスは言葉を紡ぐ。

真摯(しんし)なその声に、セシアは苦笑を浮かべた。

「買い被りすぎですよ。皆を解放したら、こっちに向く目が分散される、っていう打算かもしれないじゃないですか」

「それは、彼女達にも言えることでしょう？　わたくしはこの中では大駒だわ。犯人達がわたくし達に構っている間に、他の女性達は逃げおおせるかもしれない」

メイヴィスの予測に、セシアは感心する。

確かに彼女の言う通り、逃げた女性達の中の誰かを再度捕まえるとしたら、一番交渉の材料になりそうなメイヴィスが選ばれるだろう。

一応その可能性もセシアは考えたが、誰が犯人達に行き会ってしまうかは、分からない。

「……本当に、買い被りすぎですよメイ様」

メイヴィスは、物事をいい方向に取りすぎる。彼女にはそのままでいて欲しいとも思うし、王族としてもっと疑うことを覚えてほしいとも思う。

この短い時間の間に、驚くことにセシアはメイヴィスに対して保護者意識のようなものが芽生えていて、その感情自体がセシアにとって初めてのものだったため、非常に不思議な感覚だった。

「……ところでさっき話していた方は、セシアのお友達？」

どうやらメイヴィスはセシアがマリアと喋っている間、知り合いと話しているのだと察してわざと離れていてくれたらしい。

「ええ……友達です」

非常に心苦しいが、嘘ではない。

むしろ、マリアの正体を知らないほうがメイヴィスのためだろう。

最近よく見る、マーカスの執事・クリスの虚ろな目を思い出して、セシアは直接的な表現を避けた。

「そう……お友達と一緒に逃げたいでしょうに、わたくしのせいでごめ……」

また謝りそうになるメイヴィスの唇に、セシアはぴたりと指を当てる。

「あいつは強いから心配ありません。メイ様、この場合謝罪の言葉よりも、もっと相応しい言葉があると思いますけど？」

マリアは単身でも、心配する必要は全くない。そしてそのマリアに妹のことを頼まれずとも、セシアは元々メイヴィスと共に逃げるつもりだった。乗りかかった船だ。

きょとん、と翡翠色の瞳を瞬いたメイヴィスだったが、「うん？」とセシアが促すと、そろそろと表情を綻ばせる。

「……ありがとう、セシア」

「どういたしまして！　さぁ、とはいえ事態は好転していませんからね、気を引きしめて行きましょう！」

「ええ」

きゅっ、と二人は手を握り合って、廊下の先を進んだ。


広いといっても一つの建物、倉庫だけあってたくさん部屋があるせいで廊下が長く入り組んでいるように感じたが、ようやく出入り口に突き当たった。

扉は、大きな物資も運び込めるようにか、普通のそれよりもずっと大きく、そして奇妙なことに大きく開け放たれている。

先に行った他の誘拐されてきていた女性達が通ったのだろうかと考えつつ、セシアとメイヴィスはここでも慎重に外を窺った。

久しぶりに見たような気になる晴天の下、出入り口にすら犯人達の姿はなく、拍子抜けする。しかし、すぐに事情は察せられた。

他にも建物があるせいで直接目にすることは出来ないが、あちこちから喧噪が聞こえる。騎士隊と犯人グループとの衝突が勃発しているようだ。逃げ惑う女性の声も聞こえる。

「皆大丈夫かしら」

　メイヴィスが悲鳴の聞こえる方向を見て、眉を寄せた。セシアは自分に言い聞かすつもりで、口を開く。

「………人の心配をしている余裕はありません。今、ここに誰もいないのは幸いですが、留まって隠れていたとしても、犯人がメイ様を連れ出しに戻ってくるかもしれませんし、まずここから離れましょう」

　セシアが手を引くと、メイヴィスは大人しくついてくる。

　外はずらりと同じような倉庫が立ち並ぶ、倉庫街だ。見通しが悪く、外に出たからといって迷路から脱出出来たことにはならなかった。

　静かなほうに向かうべきなのか、もしくは喧噪が聞こえる方向には犯人達は勿論、交戦している騎士隊がいるはずなので、そちらに向かうべきなのか。

　上手く騎士隊と合流出来ればメイヴィスを保護してもらえるが、下手をすれば犯人側に人質を提供することになる。

「あーもう、こういう時にもっと的確に判断出来るようになっておけばよかった……」

　セシアが小声で自嘲（じちょう）すると、メイヴィスは驚いて目を丸くした。

「それは騎士や兵士に必要な資質であって、レディのあなたが出来なくても当たり前のことだわ」

「いや、私レディじゃないです……」

「そんなことないわよ。それに、あなたは既に十分適切な判断が出来ているとわたくしは思うわ。自分を卑下しないで」

メイヴィスに励まされて、セシアは面映ゆい。

よくも悪くも、ストレートなお姫様の言葉は、ひねくれ者のセシアにもよく響いた。

「……人を泥棒猫呼ばわりしていた時から比べたら、レディだなんて、大きく出世しましたね、私も」

照れ隠しにセシアがニヤッと笑って言うと、メイヴィスはキッと顔を険しくさせる。

「もう！　せっかく励ましているのに、意地悪ね！」

「嘘です。ありがとう、メイ様。ちょっとだけ落ち着きました」

「……最初から素直にそう言えばいいのよ！」

ぷい！　とメイヴィスは顔を背けてしまったが、繋いだ手は離されない。つまりはそういうことだ。

セシアは口では素っ気ない言い方をしたものの、内心ではとても感謝していた。

やっぱりもっとちゃんとお礼を言ったほうがいいかな、と顔を上げたセシアはハッとしてメイヴィスの手を離すと、彼女の体を突き飛ばした。

「きゃ!?　セシア、なにを……」

どさ！　と地面に尻もちをついたメイヴィスは、驚いて抗議の声を上げようとセシアのいたほうを見るが、そこで身を竦ませる。

いつの間にか誘拐犯のグループの男達が忍び寄ってきていて、メイヴィスの立っていた場所に一人、男が立っていた。

そして、セシアは別の男に後ろから羽交い絞めにされている。

「セシア！」

「メイ様、逃げてください！」

セシアが叫んだが、メイヴィスは首を横に振る。

一人では逃げない、と言ったではないか。

セシアを残してメイヴィスが逃げれば、セシアがどんな目に遭うか分からない。

それになにより、ずっと手を繋いでいてくれたセシアと、メイヴィスは離れたくなかった。

「あ、あなた達！　その女性を解放しなさい！　わたくしがそちらに行きます」

そろそろと歩き出すメイヴィスを見て、セシアは唇を噛む。

せっかくここまで連れてこられたのに、このままではまた王女が捕まってしまう。意地っ張りだが、素直で、実はわりと普通の女の子であるメイヴィスのことだ、自ら犯人達に近づくことの、どれほど恐ろしいことだろう。

魔法でなんとかしようとするが、こうも相手に密着されていては、セシアの使える手段ではどうしようもない。

「～～～ッ、ここで助けに来なかったら、カッコ悪いわよ王子サマッ!!」

力の限りセシアが怒鳴る。

「助けを乞うシーンは、もっと可愛く出来んのか？」

ガンッ！　と音を立てて空から降ってきたマーカスは、セシアを取り押さえていた男を殴り飛ばした。

「お兄様!?」

「……私にそれを求めないでくれます？」

メイヴィスの歓声と、セシアのドスのきいた声が重なり、そのまま独楽（こま）のように体を回したマーカスは、勢いをつけてもう一人の男に回し蹴りを食らわせて沈めた。

「お兄様！　助けにきてくださったの……!?」

メイヴィスが兄に駆け寄ると、甘えるように抱き着く。

危なげなくその華奢な体を抱きしめて、マーカスはよしよしと妹の頭を撫でた。

「無事か？　メイ。怪我はないな？」

「ありません、セシアのおかげで」

「……そうか。ご苦労だった、セシア」

燃えるような赤毛に、翡翠色の瞳。長身痩躯の王子様は、セシアを見て柔らかく目元を和ませた。

「お」

「お？」

「おっそい!!　大事な妹姫になにかあったらどうするんですか!?　私は先日まで学生だったただの文官なんですよ!?　国の、宝を守れるほど、強くないのに……頼む、とか、無茶言うとか、どうかしてます!!」

立て板に水の如くマーカスに抗議の声を上げたセシアだったが、ようやく彼が来たのだと思えば、力が抜けていく。

彼の姿を見て安心したことを、セシアは全力で隠そうと決めた。

なんか悔しいので、登場がカッコよかったとか、口が裂けても言ってやらない。

騒ぎを聞きつけて、残念ながら騎士隊ではなく誘拐犯側の男達がぞろぞろと集まってくる。

脱力している場合じゃない、とセシアは足に力を入れて立った。

「マーカス殿下、味方じゃなく敵連れてきてませんか!?」

「これはこれは……屋根伝いに来たので、目立ってしまったようだなぁ」

「王子が目指してくるんだから、その先に王女がいるってバレますよねぇ……」

わざわざ残党を集めてきたような行動にセシアは顔を顰め、マーカスは苦笑を浮かべる。

一番はじめに特攻してきた男を、マーカスが魔法で吹っ飛ばす。

彼の出した攻撃の威力を見て、セシアは自身の魔法を調節して真似をし、別の男を横転させた。

「で、他に味方は？　来てますよね？」

彼女の言葉に、マーカスはわざとらしいぐらい綺麗に微笑む。

「……なッんで、あなたが単身来てるんですか⁉　そもそもこういうのは騎士とか兵士とかの仕事なんじゃないですか、少なくとも王子自ら先陣を切る意味が分からない‼」

セシアが怒鳴ると、マーカスは長い脚で目の前の男を蹴り上げて快活に笑った。

「俺が一番早かった！」

「かけっこ一等賞ですか⁉　おいくつですか、この悪童‼」

セシアはそばに積まれていた木箱を引き倒して、メイヴィスを奥へと逃がす。

「二十歳」

ピース、とばかりに指を二本立てて見せるので、セシアはその指を折ってやりたくなる。

「いい年して……！」

メイヴィスがいるので直接的なことは言えないが、〝マリア〟を思い出してセシアは顔を顰める。

この国では成人は十七歳であり、そのため学園の入学規定年齢もギリギリ十七歳となっているのだ。つまり初めて出会った頃はまだ彼も成人していなかったのだと分かり、どうでもいい知識を増やしてしまったことを悔やんだ。

「真面目な話、こういうのは俺が来るのが一番適任なんだ。ある程度戦闘能力があって、指揮が出来て、そしてその場で命令を下せる権限を持つ者」

「その条件なら、なにも王子がわざわざ臨場しなくてもいいのでは……」

「俺は、次期王でもないし、下に弟もいる。最悪、なにかあっても大丈夫だ」

それを聞いて、セシアはゾッとする。

この男は、国のために自分の命がなくなっても仕方ない、と言っているのだ。

「……そんな……あなた一人がそこまで背負わなくてもいいんじゃないですか？」

傍らのメイヴィスは黙っている。これが王族として当然の在り方なのかもしれないが、セシアはド平民だ。

誰かの代わりにマーカスが損なわれることは、単純に嫌だった。

「いや？　兄上の背負っている責任や、妹達がこれから支払う犠牲に比べたら、自分で戦う場所の選べる俺は恵まれているぐらいだ」

マーカスは本当にそう思っているのだろう、屈託なく笑う。

王太子は国で一番身分が高くて責任が重い椅子に座ることを本人の意思とは関係なく決められていて、王女は国のために選ばれた人の下に嫁ぐ。

確かにそう言われてしまえば、マーカスの立場はかなり自由なのかもしれない。

「それに、一人で抱え込んでるわけでもないしな」

そう言って、なにも持たされていないが故に自由で、そして身軽だからこそ彼は自分を駒として扱う。

「……あなたが王子でなければ、殴ってやるのに」

「不敬だなぁ、お前は相変わらず」

彼は笑う。

セシアは腹が立った。

王子でも、平民でも。大切な人に傷ついてほしくないのは同じだ。セシアはマーカスと親しいわけではないが恩があるし、マリアは大切な親友だ。

マーカスを一番人間扱いしていないのが、マーカス自身。大切にしていないのが、本人であることに、腹が立ったのだ。

そこまで考えて、セシアは目の前に駆け込んできた漁師ふうの風体の男を見てハッとして、彼の足元の木材を動かして転ばせた。

「……ところで、さっきから随分消極的な戦い方だな。徹底抗戦の姿勢はどうした」

マーカスに言われて、セシアは彼を再度睨みつける。

「それは暴力を振るうという意味ではなく、屈しないという意味です。ナイフを持っているからって、人を殺そうとは思いません！」

言って、セシアは極小の風で次の相手の足元を薙ぎ払う。先ほどマーカスのしていたことを見ての応用であり、威力も見ていたので調整可能だ。後から後から出てくるが、幸いなことに一人一人は大した敵ではなさそうだ。

マーカスはふむ、と頷く。

「お優しいことだ。自分が殺されそうになってもそう言うのか？」

マーカスは腕の一振りで、数名吹っ飛ばした。

セシアにも同じ攻撃自体は可能だと思うが、それで加減を間違えて相手を殺してしまうことのほうが恐ろしい。ヤケクソになってセシアは怒鳴った。

「殺されそうになったことがないので、分かりません!!」

「なるほど」

港町なので潮の匂いがして、同じような倉庫がたくさん並んでいるせいでどちらに走って逃げればいいのか分からなくて迷う。

「こっちだ」

メイヴィスを抱え、セシアの腕を引いてマーカスは走り出す。

「メイ、舌を噛むからしっかり口を閉じていなさい。……そう、いい子だ」

セシアが聞いたことのないような、甘ったるい声で彼は妹に囁く。なるほど、これがメイヴィス王女殿下が完璧と言う、兄王子。

確かに王子様っぽい。初耳でした。

そして以前、メイヴィスの知らない悪童めいたマーカスの顔を知っていることに僅かに優越感を覚えたことを恥じた。

「う」

「どうした?」

「なんでもないです」

二つのことに同時に衝撃を受けて、セシアは言葉に詰まる。

妹の知らない、彼の一面を知って優越感を持っていたこともショックだったし、メイヴィスにしか見せない甘ったるい顔を、マーカスが持っていたことも、ショックだった。

これではまるで、セシアが、彼のことを意識しているみたいではないか。

相手は王子。元後見人以上の関係を、望んではいけない相手だ。

そんなことは、出会った時から分かっていた。分かっていたはずだったのに。

建物の角に差しかかると、マーカスは振り向いて、追手を引き付ける。ドンッ! と彼が地面を踏み鳴らすと、地面が揺れて男達が派手に横転した。

「メイを連れて逃げろ。あちらに騎士隊がいる」

「……了解!」

セシアがメイヴィスを抱えるようにして走り出そうとすると、さっきまで大人しく逃げていた当のメイヴィスがそれを止める。

「待って！　お兄様一人を置いてなんていけないわ！」

「殿下が本当に一人で来ているわけないじゃないですか！　大丈夫ですよ。それに、私とあなたは殿下にとって足手纏いです。ここから立ち去ったほうが、役に立ちます！」

前者はセシアの予想、後者は事実だ。

メイヴィスが誘拐された経緯を考えると、護衛がいつも王族のそばにいると過信するのはよくない。マーカスも単身で来ている可能性はあるが、どちらにしろ、彼一人のほうが勝率は上がるだろう。

「……分かったわ」

セシアの勢いに目を丸くしたメイヴィスだったが、言われたことをきちんと咀嚼して頷く。

「お兄様、お気をつけて！」

言って、メイヴィスはセシアと共に走りだす。

さっき彼を駒扱いするマーカスの行動に腹を立てたばかりなのに、セシア自身も彼に任せて逃げざるを得ない状況が、悔しかった。

「うん」

マーカスの呑気な声が耳に遅れて届いた。

その後。セシアとメイヴィスは、なんなく騎士隊と合流出来た。

マーカスはやっぱり単身で突っ込んできていたらしく、すぐに後続がフォローに走ったと聞いてセシアは胸を撫で下ろしたのだが、メイヴィスのほうはショックを受けて気を失ってしまった。

どうやら彼女は、兄は荒事に向かない、と思っているらしい。

先ほどのやり取りでマーカスには人を殺す覚悟があり、そして恐らく既に殺した経験があるのだろう、とセシアは考えているのだが。

「無事か、セシア」

慣れ親しんだ声が聞こえてセシアが顔を上げると、そこに騎士の如く武装したキースがいて目を丸くした。

「…………先輩？」

「お前、先に誘拐されていた人達を逃がしただろ、あれがよかったみたいでな。この港を警戒してた騎士に発見されて、このアジトに案内してもらえたんだよ」

「……はぁ」

セシアが聞きたいのは、そこではない。

彼女がじろじろとキースの武装姿を眺めていると、マーカスとレインがやってきた。いかにも好青年らしいレインも武装していて、セシアは更に眉を寄せる。

嫌な予感がする。

「…………」

「なんだ、メイは気を失ってしまったか。お姫様には向かない荒事だったな、可哀相に」

マーカスは、セシアの膝を枕にして眠る妹の赤い髪をさらりと撫でる。

「……殿下」

じっと彼を睨んでいるセシアの視線に気付いているはずなのに、マーカスはこちらと目を合わせようとしない。

「うん」

「説明してください」

「後でな。まずはこの場の処理と、メイを無事に城に送り届ける」

マーカスはいたって冷静だ。

セシアがこの状況に混乱していることも、彼に不信感を抱いていることも承知の上で。

「……分かりました。必ずきちんと説明してくださいね」

「ああ、約束する」

真っ直ぐに彼を睨んでセシアが言うと、マーカスはようやく視線を合わせて翡翠色の瞳を和らげた。それからセシアの傍らに屈んで、その手を取る。

「殿下？」

「……お前は、無事だな？」

確かめるように、親指の腹で手の甲を撫でられて、セシアは反射的に顔を赤くする。なんだか、触り方がいやらしいのだ。

「無事です！　擦り傷程度はあるかもしれませんが……」

「……そうか」

僅かに、マーカスが俯く。

その表情を窺うことが出来なくて、セシアは不安になって手を揺すった。

「あなたは」

「うん？」

「……殿下は、怪我はありませんか？」

セシアが言うと、パッ、とマーカスは顔を上げる。

「……ああ。うん、俺も特に怪我はない」

単純に驚いた時のあどけない表情はマリアが時折見せていた表情と同じで、やはり彼はマリアなのだと、改めて実感した。

思わずセシアがふふ、と笑うと、マーカスは不思議そうに首を傾ける。

「なんだ」

「いえ……やっぱりマリアなんだなぁ、と思って」

「なんだそれ」

マーカスは一瞬憮然(ぶぜん)とした表情を浮かべたが、すぐにそれを隠すように軽快に笑ってみせた。

「今日はご苦労だった。本来なら休日のはずだな、明日は代休とするようにレインに言っておくからゆっくり休むといい」

彼は立ち上がる際に、握っていた手を離す。

僅かな時間だったのに、大きな手の平に握られていた手が温かくて。離れてしまった温もりを、セシアは無意識に視線で追ってしまった。

「……いえ、早く説明が聞きたいので、明日は出ます」

セシアがそう言うと、マーカスはニヤリと例の悪童らしい笑顔を浮かべた。

翌朝。

勤務部署である経理監査部二課に出勤したセシアは、いつもは留守で閉まっている課長室の扉が開いているのを見て怪訝な表情を浮かべた。

この部署に配属されて一カ月。

先輩のレインに指導される日々、多忙だと聞いていた課長に会えたことは一度もなかった。

ものすごく、嫌な予感がする。出来れば知りたくない。

誤解されやすいが、セシアは降りかかる火の粉には全力で抵抗するが、基本的には平和主義なのだ。知らないままでいたほうがいいことは、知らぬままでいたい。

平穏な文官ライフを心底望んでいるのである。既にやや崩壊しつつあることからは、目を背けていた。

しかし運命の神様は、意地悪だ。

ひょこ、と開いたままの扉から顔を出したのは、予想通りマーカスだった。

「セシア！　おはよう、さっそくだがこっちに来い」

「…………拒否権は」

「あると思うか？」

彼はまたニヤリと笑う。

課長室に入るとそこはあまり広くはなく、いかにも備品といったデスクと椅子、棚が置いてあるだけの殺風景な様子だった。

書類を持ったレインもいて、彼はセシアを見て微笑む。

「おはよう、セシア。昨日はご苦労様」

「おはようございます、先輩……」

「説明は殿下自ら聞かせてくださるそうだ。くれぐれも失礼のないようにな」

そう言って、自分の用はもう済んでいたらしくレインは部屋を出ていく。どうか置いていかないで欲しい。

だが無情にも扉は閉められてしまい、部屋の中にはセシアとマーカス、そして執事のクリスが残った。

「……扉は開けておきますか？」

クリスが訊ねると、椅子に座ったマーカスが首を横に振る。

「仕事に関する話だ。未婚の男女がどうこうという場でもあるまい」

確かにセシアは令嬢でもなければ、当然マーカスの恋人でもなんでもない。

この場で貴婦人扱いされるのも気持ちが悪いので、セシアも軽く首肯した。開けておいたほうが逃げやすいが、逃げてどうなるものでもない。

「椅子は一脚しかないので、勧めることが出来ず悪いな。普段この部屋は使わんので、あまり物を置いていないんだ」

そんなことを言いつつその唯一の椅子を女性に譲らないところが、いかにも王子様らしい。

「構いません」

セシアは内心舌を出しつつ、そう言った。その唯一の椅子だって、王子が座るにしてはかなり粗末なものだ。

「……では、なにから説明するか」

「まず……メイ様……いえ、メイヴィス王女殿下のご様子を教えていただけますか」

セシアが口火を切ると、マーカスは目元を和らげた。

昨日セシアが共にいられた時間内にはメイヴィスは目を覚まさず、真っ青な顔で迎えにきたアニタと他の侍女達によって王女の身柄は丁重に城に運ばれていった。

出来れば目覚めるまでそばにいたかったが、セシアの身分では無理な話だ。

「メイは昨夜のうちに目を覚まし、湯浴(ゆあ)みと軽食を摂った後、夜には自室で就寝した。今朝ここに来る前に様子を見てきたが、怪我もなく元気そうだった。お前に会いたがっていたので、近々席を設ける」

「……あ、ありがとうございます」

ほっとしてセシアがつい言うと、マーカスは笑う。

「感謝を述べるのはこちらのほうだ。俺の妹をよく守ってくれた、礼を言う」

「……いえ」

「ついては、正式に褒美を授(さず)けたいがなにか望みはあるか？」

「ぅえ？」

急に思ってもみないことを言われて、セシアは驚いて狼狽(うろた)える。

「なんなら換金しやすい金塊でも、小粒の宝石でもいいぞ」

いつかマリアに語った給金の使い道を持ち出して、マーカスはニヤニヤと笑う。

それも一瞬過(よぎ)ったが、結局セシアは首を横に振った。

「……いりません」

「遠慮はしなくていいぞ？　今回活躍した騎士にも褒賞は与えるし、お前だけを特別扱いしているわけじゃない」

マーカスは不思議そうにそう言ってくれたが、気持ちは変わらない。セシアはどこか清々した気持ちで微笑んだ。

「お礼なら、メイ様がまたケーキをご馳走してくれる約束なんです。それで十分です」

「……欲のないことだ」

彼の言葉に、少し違うな、とセシアは感じる。

「私があの時、メイ様を……守ろうと思ったのは、あの方が王女だからじゃありません。頑張り屋で、必死で、素直な女の子のメイ様だから、助けたかったんです。国からご褒美を受け取っちゃったら、なんかその時の気持ちも打算だったみたいな気がして嫌なので……ケーキが、一番のご褒美だと思います」

たぶんきっと、それを友情と呼ぶのだ。

セシアの言葉を最後まで聞いて、マーカスは頷く。

「……分かった、ではこの件は俺はメイの兄としても王子としても、お前に一つ借りがあると認識しておこう」

「殿下、それはなりません。王族が個人に借りを残すなど。まして、セシアとはいえ平民相手に。無理矢理にでも金塊かなにか押しつけましょう」

クリスが慌てて口を挟む。それだけ、本来あってはならないことなのだろう。金塊は今回に限っては受け取りたくないが、クリスの言い分も尤もだ。セシアはじろりとマーカスを睨む。

「……話聞いてました？」

「聞いていたから、そうするんだ」

しれっと言ったマーカスは、発言を覆す気は微塵もなさそうだ。頑固なのはお互い様。マリアもそうなので、セシアは溜息を一つついて発散する。

「……私は、貸した、なんて思ってませんから」

せめてもの抵抗でそう言っても、彼は取り合ってくれなかった。

「……では、次の質問に移ろう」

「あ、はい」

さっさとマーカスが話を移してしまったので、彼の背後で悔しそうにしているクリスの視線を受けて居心地悪く感じつつも、セシアは必要なことを聞くことにした。

「メイ……様、の護衛はなぜ喫茶店前で助けに来なかったんですか？　あの状況でアニタさんは仕方がないにしても、まさか誰も王女殿下に付いていなかった、なんてことあり得ませんよね」

メイ様、という愛称で今も呼んでいいものか、セシアは先ほどから悩んでいたが、いちいち言い直していては話が進まないので、そのまま喋る。

セシアの質問に、マーカスは頭痛の種を探すように、こめかみを指で辿った。

「……誘拐犯達が国際的な組織で、我が国の国民を他国に連れ出していたことは話したな？」

「はい。というか、それしか聞いていませんが……」

そう言うと、マーカスはちょっと気まずそうに顔を顰めた。どさくさに紛れて、ろくに説明もせずセシアに王女の護衛を任せたことを、彼は彼の落ち度だと感じているらしい。

「誘拐犯の一味が王女の護衛の一人と接触し、あの日あの時間にメイがあの店に行く情報を入手していた。護衛の人数や、配置なども詳細にな」

「……身内の裏切りだったんですね。でも妙じゃないですか？　殿下達がようやく誘拐犯のアジトを絞り込んだタイミングでそんなことが起こるなんて」

セシアの考えに、マーカスは頷く。

「一団は完全な分業制で、攫ってくる者、他国に引き渡す者、他国で受け取る者など細かく分かれていて、それぞれ互いの素性や自分の仕事外のことは知らないまま行動していた」

マーカスの説明に、セシアは顔を顰める。悪辣なことを考える者は、知恵が回るものだ。

「……そうだとしても、指示を出している者がいるはずですよね」

「ああ。だが、そいつはメイを誘拐する前に既に他国に秘密裏に逃れていた」

「！　……ってことは、つまり」

「そう。メイを攫ったこと自体が囮。捜査の手が伸びたことを察して、盛大な尻尾切りをしていったのだ」

王女を誘拐したことでそちらに注目が集まり、大掛かりな捕り物が行われた。その騒ぎに乗じて逃げおおせた者がいるというわけか。

「それは……悔しいですね」

セシアが拳を握る。

囮として攫われたメイヴィスの恐怖を思って、腹が立ったのだ。

「こそこそと身寄りのない女性などを攫っていた奴らにしては、最後の仕事にしても杜撰で派手な行動だとは思ったが、まさかメイを攫う前に既に逃げていたとは気付けなかった」

マーカスの声が熱を帯びる。

「……これは許されざる敗北だ。指示を出していた者……主犯は地の果てまでも追いかけて、償いをさせるつもりだ」

彼の翡翠色の瞳に、怒りの炎が見える。苛烈な王子様だ。

だがセシアはその炎が怒りに揺らめく様を、美しいと感じた。

「……それでも蒸し返すようですが、私はまだ疑問です。メイ様が城下に降りることを決めたのは最近のはず。護衛に犯人が接触するにしても、王女が城下に降りることを知っていなければ、意味はありませんよね」

セシアの指摘に、マーカスは無言で頷いた。

王女が城下に下るとなれば、警備計画などでその情報を知り得る者は城内には多い。そして事件以降、城内から消えた者はまだ確認されていない。

つまりまだこの国、それも恐らく城内に犯人グループに情報を渡していた者がいるのだ。

「そう。主犯とは別に、まだこの城内を素知らぬ顔でうろついているネズミがいる」

マーカスに改めて断言されると、セシアの背筋がヒヤリとする。

「……我が国は、巨大な港と称されるだけあって人も物も出入りが激しい。文化や芸術が栄える一方で、こうした闇の取引が横行していることも事実だ。それを捜査し、取り締まることは、国に仕える者の責務でもある」

「……あー、はい」

おもむろに席を立ったマーカスに厳(おごそ)かなトーンで告げられて、セシアは突然雲行きが変わったことを察してそろそろと後退する。

が、狭い部屋なのですぐに壁にぶつかってしまった。

「我が国には、それぞれの管轄でそれらを捜査する機関があり、彼らは例外なく優秀だ。しかし、事件がその管轄を跨(また)いで起こった場合、煩雑(はんざつ)なやり取りを経てからでなければ情報共有や捜査は越権行為と見なされてしまう」

「う、うーん……大変ですね～……」

マーカスの朗々とした演説に、セシアは逃げ場を探しつつ適当に相槌を打つ。やっぱり扉は開けておけばよかった。マーカスが背を向けたタイミングで後ずさると、セシアはゴソゴソと手探りで扉を探す。

「そう！　大変だと思うだろう⁉」

「わ！　ビックリした」

ぐるん、と勢いよく彼が振り向いたので、今度は扉のノブを後ろ手に探していたセシアは飛び上がる。

「で、考えた。権力を持った俺が好き勝手しているように見せかけて、その垣根を越えて捜査してしまうチームを作ることにしたんだ。それが、セシアが配属された経理監査部二課だ」

「二課……」

「二課」

彼は明るい声と共に、快活に頷く。

そう。常々おかしいと思っていたのだ‼

経理監査部。

これは、まぁおかしくはない。経理部で出てきた内容に齟齬のある書類なんかを、提出した人物に実際に確認に行ったり、使用された店に行ったりしておかしな点がないかを調べることも、時に必要だとは思う。

だがセシアが引っかかったのは、専門機関に依頼すればいいものを自身で捜査し、時には荒っぽい展開もあり得る、と最初に説明された業務内容だ。

荒っぽい展開ってなに？　王城の経理で荒っぽいことに発展するってなに??

しかも執行官。この言葉が明らかに怪しい。なにを執行するのだ。そこが不透明なのが、明らかにおかしい。

しかも配属された二課の部屋は、明らかに資料室だった。そりゃ資料取ってきて、と言われてすぐに取ってこられるはずだ、資料室なのだから。

一課は別室に存在し、いかにも事務室らしいそこには大勢の真面目そうな文系っぽい課員が働いていて、筋肉隆々なキースのような男はいない。そして二課は課員も少なかった。

セシアとて、本当におかしいとは思っていたのだ。

でも王城に来て一カ月、まだ何が普通で何が異常なのかの区別がついていなかったのだ。悔やんでも悔やみきれない。疑問を放置していては、いけなかった。

セシアは思う。

両親を亡くし身よりもなく、しかし運よく王子の後見を得て学園に入学出来た。卒業後は夢の王城勤務、エリート街道、しかもイジメとも危険とも無縁な文官、経理部配属！　と浮かれていた過去の自分を盛大に吹っ飛ばしてやりたい。

もはや王子の後見あたりから罠だったに違いない。最初ではないか。

やはり美味しい話には裏があるのだ、なにが友情だ、あの時の感動を返せ!!

わなわなと震えつつ、セシアはいい笑顔を浮かべるマーカスを見遣る。勢いで殴ってしまわないように気をつけなくては。

「ちなみに、なぜ経理監査部二課……？」

「一課が既にあるし、金にまつわることなら大抵の不正に繋がる、テリトリー無限大だろう？」

つまりどこにでも介入するつもりなのだ、この王子様は。

「……いつか、王子を殴っても不敬にならない権力のある地位まで昇りつめてやる……!!」

「はっはっは、相変わらず威勢がいいな、お前は」

マーカスはもはや機嫌のよさを隠そうともしない。

「私に！　拒否権は!?」

「あると思うかぁ～？」

「くっ……！　卑怯な……！」

ニヤニヤと笑って言われて、この悪童を殴る権力が今すぐ欲しい、とセシアは拳を握った。

マーカスは上機嫌で、指折り数える。

「ようやく確保出来た初の女性課員だ、戦闘技術は勿論、貴族になりすますノウハウ、諜報活動のあれこれ、ドンドン叩き込むからそのつもりでいろ」

「……ってことは、マリアに会える機会も減るんですね、ちょっと寂しいな……」

やはり趣味などではなく、女性の部下がいなかったのでマーカス自ら女装をして潜入任務についていたのだな、とセシアは諦めの境地で考える。

「なに厚かましいことを言っている。お前がちょっと訓練受けた程度じゃ、まだまだマリアの能力の足元にも及ばんぞ。無論ハニトラ要員としてもな」

「はあ!?　さすがに聞き捨てなりませんけど！　生物学的に百パーセント女性の私よりも、魔法で誤魔化した女装男のほうが勝るって言いたいんですか!?」

「そう言ってる」

フッ、とマーカスは色気たっぷりに微笑むが、セシアも曲がりなりにも十八年間女性をやってきたのだ。ここは負けてはならぬと闘志を燃やす。

曲がりなりにも、などと考えている時点で、かなり旗色は悪いのだが。

セシアは常に、徹底抗戦！　そうして生き抜いてきたのだ。

「……わっかりました！　その初の〝本物〟の女性執行官？　誤魔化し女装男よりも見事にやりきってやろうじゃないですか!!」

「あ、馬鹿が」

クリスが小さく罵(ののし)ったが、後の祭りだ。

満面の笑みを浮かべたマーカスにセシアはガシッと強く両肩を摑まれる。

「あっ!!」

「そうか！　やってくれるか！　いやーよかった！　自分の意思で職務に就いてくれて。さすがに無理矢理部署に縛りつけるのはいかがなものかと思っていたのでなぁ」

彼は快活な笑い声を上げた。

「いやぁ、よかったよかった！　自分の意思で執行官をやってくれる気になって！」

「こ……」

ぶるぶるとセシアは震える。マーカスはそんな彼女を見て、にんまりと笑った。

「いやはや、いい拾いものをした。捨て猫も、立派に磨いて一流の淑女にしてみせよう」

「この悪童王子────!!」

課長室に、セシアの叫び声が盛大に轟（とどろ）いた。

第三章
ワケあって、仮面舞踏会に出席しています

「お前は、生意気なんだよ！」

解せぬ。

眉を八文字、目を半眼にして、セシアは目の前に立つ〝後輩〟を黙って睨み返した。

この世に数多の運命あれど、ステージが変わるたびに「生意気！」と罵られるなどという、チンケな星の下に生まれる確率はいかほどのものだろうか。

セシアは思わず、普段は考えもしない運命論などに思いを馳せた。

だって現実を直視したくないし。

「おい、聞いているのか！　セシア・カトリン!!」

しかし指を差されたので、咄嗟に相手のそれを摑んで逆に曲げようとする。

「イテェ!!　なんだよ、お前、野生の猿かなにかか!?」

野生の猿に出会ったことなどないから知るはずもなく、セシアは最近覚えたお姫様直伝の優雅な笑顔を浮かべてみせた。

「あら、人を指差すのは失礼なことだとママから教わらなかったのかしら？　フェリクス・バーンズ」

「てめ……馬鹿にしてんのか!?」

「あ、よかった。馬鹿にしたことは伝わったのね」

激昂したフェリクスの怒鳴り声に、受けて立つ！　とばかりにセシアは腕を組んで優雅な笑顔を保った。

「仲がいいのは結構だが、そろそろ会議を始めてもいいか？」

そこに、戸口に立ちニヤニヤと面白そうにこちらを眺めているマーカスが口を出す。

途端、フェリクスは直立不動になり、騎士の敬礼をした。

「おはようございます！　マーカス殿下!!」

「おはよう、フェリクス。セシアは、今日も可愛いな」

すれ違い様にサラッと言われた言葉に、セシアはぎょっと目を剝く。

「おっ……ま……!!　……面白がって火に油だけ注いでいくのやめてもらえませんか……？」

本気で鳥肌を立てながらセシアが言うと、マーカスがなにか言う前にフェリクスが嚙みついてきた。

「カトリン！　殿下相手になんて口のきき方だ！　不敬だぞ！」

「よい。セシアは俺の弟子でもあるからな、この程度の不敬は許している」

こちらもまたセシアがなにか言う前にマーカスが言って、フェリクスの次の言葉を封じた。

「殿下、そろそろ」

見かねたレインが口を挟み、マーカスは面白がるようにセシアとフェリクスを見ていたが、表情を引き締める。

「では、会議を始めよう」

レインが課員全員に書類を配った。

ほとんどこちらには来ない課長の代理は普段レインが務めているため、会議の進行も基本的に彼が行う。

「今回の調査対象は、近頃貴族の間で横行している麻薬だ」

「麻薬……ますます経理と関係なくないですか」

セシアが小声で愚痴を言うと、キースは笑った。

「何度も同じことを言わせるなよ、セシア」

「お金が動く件は、全部うちの管轄……ですか」

「そういうこと」

あまりに範囲が広すぎる、とセシアは絶望する。

マーカスが直々に調査するために作ったこの経理監査部二課、という名の隠れ蓑は実際の監査部としての業務は勿論、不正な金の流れを自ら調査する警備部のような仕事も行っている。

執行官などという役目を与えられていて名前だけは立派だが、明らかになんでも屋、雑用係、最初の調査担当。

実際に大捕り物に発展した場合は、警備部や騎士隊が派遣されるので、手柄は全てそちらに流れてしまう。

逆に、調査して問題なし、と判定が入った場合はその調査ごとなかったことにされてしまうため、同じ経理監査部でも一課と二課では扱いが違い、一課からは閑職だと思われがちだ。

「しかし、麻薬は別に調査する組織があるのでは？」

「警備部麻薬課だな。だがそっちは残念ながら、夜会や貴族の屋敷に潜入して証拠を押さえるための伝手がない」

城下で蔓延る麻薬組織などには、絶対的な幅を利かせて調査に乗り出すことの出来る警備部麻薬課だが、ことが貴族に関わると話がややこしくなり、手をこまねいているのだ。

書類に目を通しつつ、セシアは顔を顰める。

「どうせ、麻薬を持っているのが分かっても検挙しちゃいけない大物とかいるんですよね。通俗小説でよく読みます」

「セシア、通俗小説なんか読むのか」

マーカスが意外そうに聞くと、彼女は王子のほうを見て首を傾げた。

「乙女の嗜みです。嫌ですね、大人って汚い」

慇懃な態度はやめて、気さくに接するように、と〝王子命令〟を受けているセシアは、マーカスにもいつも通りに接する。

「元気出してください、セシアさん。飴玉あげますから」

嘆くセシアに、ロイが宥めるように飴玉を握らせてくれた。彼はセシアのことを故郷の弟妹かなにかと勘違いしている気がする。

「さっきからお前は馬鹿なのか？　もしくはガキなのか。それこそ清濁併せ呑むのが大人の嗜みだろう」

　フェリクスに言われて、セシアはげぇ、と舌を出す。

「濁々だから嫌だって言ってんでしょうが、黙れ後輩」

「だから、年は俺のほうが上だと言ってるだろうが！」

「この部署では半年先輩なのは私のほうだとも、言ってますよねぇ？」

　再度戦いのゴングが鳴りそうなのを、砂被り席でワクワクと静観している上司に代わり、レインが咳払い一つで抑える。

「フェリクス、セシアの挑発に乗るな。セシア、殿下のお許しがあるからと言って、会議を引っ掻き回すな」

「……以後気をつけます」

「すみません」

　フェリクスとセシアはそれぞれ謝罪を口にした。

「レイン、お前こそ少しセシアに厳しくないか？　会議とはいえ、現時点では内輪の相談会みたいなものだ、平民出身のセシアの意見が役に立ったことは今までにも何度もあるだろう」

　キースが取りなすと、レインは困ったように首を振る。

「殿下の御前だ。それに俺はセシアの指導係でもあるからな、他よりも厳しくするのは職務でもある」

「真面目なこって……」

キースがうんざりと言うと、セシアが慌てて手を振った。

「いえ、キース先輩ありがとうございます。私が会議中に雑談をしたのがいけないんです、申し訳ありませんでした」

皆に向かって、セシアは素直に頭を上げる。レインはそれを見て、鷹揚に頷いた。

「分かっているならよろしい。ただし、調査のペアはフェリクスと組むように」

という、爽やかな見た目に反して、えげつないペナルティを下したレインの背後には、悪魔の翼が見えていた。


会議が終わると、セシアはマーカスに呼ばれて訓練場へと向かう。

城の隅にある、最低限の設備しかない寂れた訓練場は、マーカスが個人的に使用するとあって他の騎士や兵士達は使用しない。

先のメイヴィス王女誘拐事件をきっかけに半年前から始まったセシアの執行官としての訓練。戦闘術と貴族の女性としての振る舞いを身につける訓練を午前中いっぱい、一日おきに続けているのだ。

今日は順番的に戦闘術の日で、いつもはマーカスの師でもあり退役した騎士のロバート卿が受け持ってくれているのだが、時折マーカス自身が進捗確認と称して指南役を務めていた。

今日はその日だったらしい。

「じゃあ魔法も交えて、打ってこい」

動きやすい服装に着替えたマーカスが、構えもせずに気楽な様子で言う。

「はい」

言われた言葉に、こちらも訓練用の服に着替えたセシアが拳を握った。

うっかり人を殺してしまわないために加減を覚えることと、今後人を守って任務を遂行するために体術や魔法を合わせた戦闘訓練は必須だ。

元々その腕を買われて課員になったレインやキース、地方の学園でそういったカリキュラムを修めてきたロイに比べれば、ただの文官のつもりで就職したセシアは一歩も二歩も遅れていた。

フェリクスだって、セシアよりも年上で元々は騎士として働いていた。

騎士隊の中では特に荒事にあたる役回りだったらしくその処理能力を買われたのと、なによりマーカス王子に心酔していた本人の強い希望もあって、人事異動で今回、経理監査部二課への配属になったのだとか。

確かにフェリクスの言う通り、二課の中で「生意気」なのはセシアなのかもしれない。

セシアがこの部署に配属されて半年。一番能力で劣るのは自分だと自覚があった。

魔法でマーカスの足を掬い、セシアは打撃を打ち込む。すると体勢を崩しつつマーカスは自分の体を魔法で支えてフォローし、その攻撃を受け流す。

体格的に男に劣るセシアは、ヒットアンドアウェイが基本攻撃姿勢だ。正攻法で突っ込むのではなく、相手のミスを誘う戦い。

だが、これは正直なところ相手が手練れであればあるほど、チャンスが少ない。マーカスもよく心得ていて、セシアの隙をついて攻勢に転じる。

防戦一方になってしまった時点で、セシアの負けは確定していた。

戦いが長引けば、体力面でも勝るマーカスが当然有利になる。

最後に腹に一発食らう寸前でマーカスが動きを止め、勝敗が決した。

「……ありがとうございました」

汗だくのセシアは、へなりと膝をついてしまう。

マーカスは笑って、セシアの前に同じように座り込み、タオルを渡してくれた。

「うん、いい具合だ。腕を上げたな、セシア」

「……息一つ乱してない方に言われても、嫌味なだけです……」

ハァハァと息を荒らげながら、セシアは悔しそうにマーカスを睨む。

それを見て、彼は弟子の成長を喜んで快活に笑った。

「何度も言うが、お前をスカウトしたのは女性執行官が必要だったからだ。冷静かつ臨機応変に対処が出来て、負けん気の強い女性がな。腕っぷしが強い女性が欲しけりゃ、女性騎士に声をかけるさ」

「……でも、最低限、戦える必要がありますよね」

セシアの言葉に、マーカスは肩を竦める。

「お前はよくやってるよ」

投げ出されたセシアの手を握って、マーカスは励ます。

先ほどコテンパンにされた相手に言われても、セシアの気分は晴れはしないのだ。

「悔しい。いつか容赦なく投げ飛ばしてやる」

「いいな！　その意気だ。……でも調査の際は、正面から当たるなよ。逃げたり、別の奴とぶつけることも戦略だと考えろ」

「……はい」

セシアの息が整うまで、なんとなくマーカスはその手を握っていた。

「手ぬるいですわ、お兄様」

多忙な中、なんとか捻出（ねんしゅつ）した同腹の妹とのお茶の時間。当の妹たる第二王女・メイヴィスは、開口一番そう言った。

マーカスはミートパイにナイフを入れて首を傾げる。

「なんの話だ？」

「セシアのことです！　アニタから報告は上がってきていましてよ！」

セシアの件、と聞いたところでマーカスには意味が分からない。

名の上がった侍女長に視線をやっても、そつのない彼女は顔を上げることなく控えている。

アニタはメイヴィスやマーカス同様、母親が外国の出らしいのだが、数カ国語を操る才女で城中のことに詳しく、メイヴィスの貴重な情報源となっていた。

「落ち着け、メイ。セシアがどうした？」

「聞けば、バーンズ家の次男と仕事上のパートナーを組むとか」

二課の仕事に実地調査もあることはメイヴィスも承知している。

実際には警備部の仕事に片足を突っ込むどころか腰までどっぷり浸かっていることまでは知られていないだろうけれど、マーカスは内心の考えをちらりとも見せず機嫌よく語った。

「耳が早いな。あいつらは得意分野が被っていないし、互いに上手く作用するだろ」

「それですわ！」

「どれだ」

「年の近い男女が、互いの欠点を補い合って日々職務に励む……仕事での人間関係が一番恋愛に発展しますのよ、お兄様！　セシアがバーンズの小倅（こせがれ）にかっ攫われてもよろしいのですか!?」

「流行ってるなぁ、通俗小説」

マーカスはパイを一口食べて、笑う。

「もう！　お兄様はとても素敵だしカッコいいし最高ですけれど、セシアは平民出身だし、お兄様がちゃんと捕まえておいてあげないとフラフラしてしまうかもしれませんわ！　あの人、自分はしっかりしてるつもりだけど、意外とぼんやりさんですし！」

人見知りで友達の少ないメイヴィスがセシアのことを真剣に案じるものだから、マーカスは妹の成長を感じて微笑ましく思う。

「しかし、随分セシアのことが気に入ったんだな。将来侍女にでもするつもりか？　うちの課員はやらんぞ」

マーカスが言うと、キッとメイヴィスは兄と同じ翡翠色の瞳で睨みつけた。

「そんなこと言ってません！　そりゃあ、セシアがわたくしの侍女になってくれたら嬉しいですけれど……そんな理由で学園を首席で卒業した才媛を引き抜いてはいけないことぐらい弁えていますわ」

「お、えらいぞメイ」

髪を乱さないようにそっと頭を撫でてやると、メイヴィスはぽっ、と嬉しそうに頬を赤らめる。

メイヴィスは、セシアの淑女教育に協力してくれていて、時折セシアを侍女に変装させて、仕事を体験させているのだ。

貴婦人の動きや、使用人に接する時の様子、他の貴人に対する時の様子などを観察するのに、王女のそばほど最適の環境はない。

それもあってこの半年でセシアとメイヴィスは更に親交を深めており、メイヴィス自身は言葉を選ぶが、誰がどう見てもセシアのことが大好きなのは明らかだった。

「って、今はわたくしのことではなくて、お兄様のことですわ！　よろしいんですの？　セシアが別の殿方に恋をしても⁉」

びし！　と言われて、マーカスは目を丸くした。

「俺はセシアの保護者でも恋人でもない、彼女が恋愛をすることを制限する権利はないぞ」

マーカスがなんでもないことのように言っても、メイヴィスは譲らなかった。

「お兄様、後で気付いても遅いんですのよ。悪いことは申しませんわ、セシアのことをしっかりと捕まえておくべきです」

真剣な様子の妹に、マーカスは仕方なく最後のカードを切ることにする。

「捕まえておくもなにも、俺にはれっきとした婚約者殿がいるだろう？　かの方がいるのに、セシアを恋愛的にどうこうなどと、双方にとって失礼だぞメイ」

「………………そうですけれど……」

浮ついた気持ちに冷や水を浴びせられたかのようにメイヴィスは、きゅっ、と唇を窄(すぼ)める。

「……わたくし、あの方は苦手ですわ」

「……そう言うな、未来の義姉だぞ」

屈託がなく素直で純粋ながらも、王族らしく矜持が高く公平なメイヴィスらしからぬ物言いに、嫌われたものだな、とマーカスは自身の婚約者の美しい顔を思い浮かべて苦笑した。

「……では、恋愛や結婚ということを抜きにして、兄と妹の会話として答えてくださいませ、お兄様」

「うん？」

メイヴィスは、まだ真剣な顔をしていた。

「お兄様は、セシアのことを、どう思っているんですか？」

どう、とは？

「強くて、可愛くて、威勢のいい女だと思ってる」

「ううん……それはちょっと、本人には言わないほうがいいかもしれませんわね」

兄の意外なセンスに、メイヴィスは微妙な表情を浮かべた。

夜。

美しく着飾ったセシアは、フェリクスにエスコートされて石造りの階段を上がっていた。ドレスの裾が彼女の動きを追うようにしてするすると階段を上っていきながら、燭台の淡いオレンジ色の光を反射して、時折光沢を放っている。

階段を上りきると、見えてきた光景にセシアは溜息をついた。

「仮面舞踏会で麻薬の売買だなんて、ベタな……」

「ベタってことは、今までも有効な方法だったってことだろう」

フェリクスに腰を引き寄せられて、彼女は顔を顰めた。

今夜のセシアは魔法で髪を亜麻色に瞳を青色に変えて目元を覆うタイプの仮面を付けており、セシア・カトリンだとは一見して分からないように変装している。

ドレスは体のラインが強調されるような少し派手なもので、背中も大きく開いていた。

仮面舞踏会では、普段の貞淑な外面を剝ぎ取ることが出来るせいか、やや大胆な装いや言動をとるものが多い。

対して、フェリクスのほうは元々貴族に多い柔らかな色の金髪に青い瞳なので色は特に変えず、前髪だけ上げている。勿論セシア同様、目元を覆う仮面を付けているので、貴族が多いこの仮面舞踏会では完全に周囲に馴染んでいる。

長身に元騎士という経歴の彼は、がっしりとした体躯にパリッとした夜会服が似合っていて、そういう意味では目立っていたが。

「もっとくっつかないと恋人っぽく見えないだろ」

「くっつく必要ある？　一緒に夜会に出てるんだから、パートナーってことで十分でしょう」

現在エメロード国には、様々な理由により合法化されている麻薬が数種類存在する。それらはほぼ医療目的で使用され、資格を持たずに麻薬の元となる植物を栽培、精製することは当然禁じられていた。

正規のルートで手に入れた麻薬に混ぜ物をして粗悪な麻薬として売買している者もいるが、過去に警備部麻薬課が一斉摘発の大捕り物をしてからはなりを潜めている。

そして現在セシア達執行官が追っているのは、それとは全く違う種類の麻薬だった。

闇ルートで市場に出回っているその麻薬は〝天使の薬〟と呼ばれていて、その名の通り天国が見られると評判らしい。

他国から秘密裏にエメロードに入ってきているらしく、当然違法輸入。しかも内容は認可の下りていない麻薬とあって、税関も警備部麻薬課もずっと調査を続けている件だ。

「他部署がそこまで頑張って調べているのに、ここで簡単に見つかるものかしら」

セシアは、グラスで口元を隠して疑問を口にする。

「あの方が仰ってただろう。夜会に違和感なく潜入する伝手がない、と。このあたりはまだ彼らは調査出来ていないんだろう」

「……麻薬なんて、貴族ぐらいお金と暇と持て余してないと買えないんだから、真っ先に調査すべき場所だと思うけど……」

フェリクスの言葉にセシアが続けると、彼もそれには同意する。

「初動調査の遅れは、港のほうを調べていれば犯人に突き当たると踏んだことにあるだろうな。おかげで、俺達に手柄を立てるチャンスが巡ってきた」

野心家らしいフェリクスの言葉が聞こえて、セシアはつい無表情になる。

第二王子直属の捜査部署、執行官だなんてご大層な名前を貰ってはいるが、この半年という短いながらも濃厚な時間を過ごしたおかげで、セシアは痛感していた。

この部署は、本当に出世に向かない。

手柄は常に別の部署に進呈するし、なのに先発隊として潜入することが多いので危険は付きまとうし、経理監査部としてはろくに機能していないので、同じ監査部の一課からは睨まれる。給料だけは他の部署より多少上だが、危険手当と考えれば得した気にはならない。

なんでも屋、雑用係、閑職。ある意味出世や手柄から一番遠い部署なのだ。

「……………まぁ、夢見るのは自由だしね」

教えてあげようと何度もしたのだが、フェリクスはセシアのことを、〝女を使って殿下に取り入った女狐〟のように考えているらしく、ちっとも話を聞こうとしないのだ。

セシアとて聖人君子ではないので、何度説明しようとしても拒否されるのでは、それ以上言う気も失せる。

自分も最初からこの部署がどういう場所か知っていて配属されたわけではないし、そのうちフェリクスも自然と事実を知るだろう、と今は放置していた。

「少し離れてお互い情報収集するか」

手柄を立てたいフェリクスは、今回の件に関してとても積極的だ。先ほど恋人らしく振る舞う必要があると主張していたことは忘れてしまったのか、功を焦りすぎである。

セシアとしては、麻薬取引がされているかもしれない場所で離れて動くのは危険だと感じた。

「危険があるかもしれないから、あまり離れないほうがいいと思う……けど」

「こんなに人がいるのに、か？　ああ、お前は女だから、怖いのか。なら、このあたりでウロウロしていればいい、俺は少し嗅ぎ回ってくる」

女だから、というのは余計だが実際元騎士のフェリクスならば、なにか揉め事が起こっても自力で解決出来そうだ。ただし、この場合力業（ちからわざ）で解決してしまっていいものか。

「キース先輩に一応言ったほうが」

「すぐ戻る」

この会場には他の課員も変装して潜入している。誰かに指示を仰ごうとセシアは提案したが、フェリクスは笑ってさっさと人混みの中に紛れてしまった。

「嘘でしょ……」

セシアは呆然と呟く。

仮面舞踏会なので、皆ダンスよりも普段出来ないような刺激的なお喋りのほうに夢中だ。一人でぼうっと立っていては目立つので、セシアは慌てて近くの女性達の輪に加わるフリをした。

皆仮面をつけているので、知らない女が一人混じっていても注目されないのは、助かる。

「そういえば、アクトン侯爵令嬢って最近見かけませんわね」

「あら、エイミー様なら従僕と駆け落ちしたってもっぱらの噂ですわよ」

「従僕と駆け落ちだなんて、本当にロマンチックですこと。わたくしには無理ですわ」

「本当に」

ほほほ、とさざめくように上品な悪意の笑い声が、下品に響く。

セシアは、ハズレの輪に入ってしまったな、と内心で舌を出すが、参加した早々出ていってはさすがに怪しい。

「エイミー様って、でも少し前までマーカス王子に夢中じゃなかった？」

そこで突然上司の名が出てきて、セシアは気付かれないように表情を引き締める。

国民に大人気の第二王子の話題は、どこで出てもおかしくはない。

「そうそう、婚約者候補の本命って言われて、社交界でも鼻高々で調子乗っちゃっててね」

「蓋を開けてみたら、マーカス王子の婚約者はグウィルトの第二王女に内定していた、なんてほんとお笑い種だったわね！」

「本当、いい気味！」

「恥ずかしくて夜会に出てこれないから、駆け落ちしたんじゃない？」

どうやら、エイミー様の評判はあまりよくないらしい。もしくは、嫉妬されていた？

セシアは扇の陰で溜息をついた。

そして勿論、自国の王子のことなので知っていたが、海を挟んで向こうの国の王女と婚約している第二王子殿下と、しょっちゅう組手の相手をしてくれるマーカスが同一人物なのだと、セシアの中では上手く結びつかない。

「……」

相手は王子だ。

今彼と比較的親しく話すことが出来て、近しい場所にいるからといって、決して勘違いしてはいけない。

別の令嬢の悪口に話題が変わったのを潮に、セシアはそっと輪を抜ける。

飲み物を取りに行くフリをしてあちこちに聞き耳を立ててみたが、特に怪しい取引の話はしていなかった。

それはそうだろう、こんな明るいフロアではそんな後ろ暗い話はしない。だから、出来ればフェリクスと共にちょっと暗がりに向かい、いちゃついているフリをして聞き耳を立てたかったのに、一人で暗がりにいてはまるで男を誘っているかのようだ。

そこまで危険なことはしなくていい、とレインにも強く言われているので、残念ながら今夜は成果なし、ということになりそうだ。

セシアはここ半年の訓練でそこそこ戦えるようになったとは思っているが、誰が来ても必ず勝てる、とまで自惚れてはいない。

　自分が長身で屈強な男だったらもっと危険な潜入も出来るのに、と悔しくなるが、ないものねだりをしても仕方がない。セシアはセシアの得意な分野を見つけていくしかないのだ。

　マーカスは、セシアだからスカウトしたのだと言った。その言葉を信じよう。

「女性ならではの作戦……ハニートラップとか？　………無理ね」

　ふっ、と思わず乾いた笑いが漏れてしまった。捨て猫、と称される自分が男を誘惑して情報を取れるとは、とても思えない。

　大人しくセシアは部屋の隅に向かうと、料理を皿に盛り飲み物をいただく。

　一応聞き耳は立ててみてはいるが、聞こえてくるのは誰かの悪口程度で、ある意味平和と言えた。

　今夜はハズレかもしれないが、現在王都は社交シーズン真っ盛り。浮かれた貴族に違法麻薬をばら撒くのにも最適な時期だ。早晩別の夜会に情報収集のために潜り込むことになるのだろう。

　しばらくそうして過ごし、コルセットが苦しいのでさほど食べ溜めは出来ないな、とセシアが残念に思っているとフェリクスが戻ってきた。彼のほうに成果があればいいのだが。

　ところが具合でも悪いのか、僅かに足元がフラついている。

　扇で口元を隠し、セシアは目を細めた。

食べ終わった皿を配膳台の上に置いて、彼女はフェリクスの下へ向かう。近づくと、甘ったるい香水の香りがして、セシアは片眉を上げた。

「フェリクス」

「……カトリン」

「どうしたの、様子が変よ」

セシアが近づくとフェリクスは思わず、といった自然な動作で彼女の背に手の平で触れた。

その感触になぜかぞわっと背筋に悪寒が走り、セシアはその腕を目立たないように捻り上げる。

「っ……！」

「なに、痴漢？　吹っ飛ばしてあげましょうか」

剣呑（けんのん）な視線で睨みつけると、彼は首を横に振って詫びた。

「すまない、手が勝手に……」

「……本当にどうしちゃったのよ」

尋常ではない様子のフェリクスを促して、セシアは休憩室の一つに入る。

扉を潜ると狭い控えの間があり、更に奥にもう一つ扉がある造りになっていた。その扉を開くと部屋には大きなベッドが鎮座していて、休憩室の目的が一目で分かってうんざりとする。

貴族というのは本当に爛れている、とセシアは顔を顰めた。今夜は仮面舞踏会なので、特にその傾向が顕著なのかもしれない。

「今夜は収穫なさそうだし、具合が悪いならここで休んでいけば？　私はさっきの小部屋で待機してるから」

振り向いてそう言うと、顔を赤くしたフェリクスがセシアを抱きしめてきた。

「はぁ!?」

セシアは咄嗟に、彼の足を払って投げ飛ばす。マーカスに体術を習わされていてよかった、と心底思った瞬間だ。

「なに……まさか」

「……媚薬を盛られた」

床に転がったフェリクスが、恥じ入るように小さな声で呟く。

ゾッとしたセシアは、素早く壁際まで逃げた。

「……そんなあからさまな反応するなよ、くそ……」

フェリクスは頭を振って誘惑を散らそうとするが、難しいようだ。セシアが控えの間に続く扉のノブを握って、青い顔のまま提案した。

「私は外に出る。扉は施錠するわ。一人で頑張りなさい」

「……カトリン」

熱っぽい視線でセシアを見遣って、フェリクスは口を開く。

が、

「黙って。今なにを言っても、明日後悔するのはあんたよ」

びし、と手を掲げてセシアは宣言し、僅かに残った冷静な部分がフェリクスを思い留まらせたようだ。

「……分かった。悪いな」

「いいから、絶対に部屋から出るんじゃないわよ。事情は明日聞くから。じゃあね！」

早口でそう言うと、セシアはさっさと控えの間に下がった。

鍵は勿論寝室側から掛ける内鍵タイプだったので、魔法でノブが回らないように固定し、ついでに控えの間にあった飾り棚や椅子でバリケードを作る。

最後になにも聞きたくないので防音魔法をかけて、セシアは外に続く扉のそばに蹲った。

「……とんだ夜だわ」

本当はセシアは、フェリクスのことを見捨てて帰りたい気持ちでいっぱいだが、翌朝意識を失くした状態で〝経理監査部のフェリクス・バーンズ〟がこの屋敷で見つかるのは、職務的に困る。

かと言って、セシアが抱えて馬車で連れて帰るのもあの様子では無理だ。

夜会会場まで行けばレインか誰かがまだいるはずだが、手柄を立てたがっているフェリクスは先輩達にこの失態を知られることを望んでいないだろう。

放って帰ってもセシアが責められる謂(いわ)れはないが、一応チームではあるのだ。単独行動のツケがこうなったことをよくよく反省させる必要があり、不本意ながら彼女はここに籠城するしかなかった。

「麻薬とは関係……ないだろうなぁ……香水臭かったし……どこかのマダムにぺろっと食べられちゃうとこだったのかしら」

だとしたらお気の毒ではあるが、それでもフェリクスが全面的に悪い。溜息をついて、彼女はドレスが皺(しわ)になるのも構わずに膝を抱えた。

と、外から小さくノックする音が、静かな部屋に響く。

ハッとして身構えたセシアだったが、次に聞こえてきた声に安堵した。

「セシア、いる？　マリアだけど」

「マリア！」

一応そっと扉を開けてセシアは相手を確認する。燃えるような赤毛の婀(たお)やかな美女、親友の姿を確認して思わず抱き着いた。

「あらあら、どうしたの？　熱烈ね」

「マリア～～～」

「……これは重症ね。とりあえず中に入ってもいいかしら」

「うん」

セシアは、自らマリアを控えの間に入れる。

廊下に続く扉を閉めると、また僅かな照明に照らされた薄暗い小部屋に戻った。

そこでマリアは、寝室へと続く扉のノブがガチガチに固められていることと、なぜか防音魔法がかけられているのを確認して首を傾げる。

「会場から去るのを見つけて、あなたかフェリクスが怪我でもしたのかと思って様子を見に来たんだけど……これは？」

「…………馬鹿フェリクスが、媚薬を盛られた」

セシアがじっとりとした声で言うと、さすがのマリアもぎょっとした顔をした。

「えぇ？　それで、フェリクスは無事なの？」

「たぶん。単純に発情してるっぽかったから、一人で籠らせてるところ」

「……キースかレインを呼んできましょうか？　彼らなら力ずくで運んでくれるわよ」

マリアが寝室のほうを難しい顔で睨みつつ、提案する。それが一番いい、とは分かっているのだが。

「……あいつ初任務だし、この失態を先輩には知られたくないかな、って……」

と、言いつつ、今まさにバッチリ上司にバレてしまっているのだが、マリアはグレーな存在なので、セシアには判断がつかない。

「それでセシアがここで番をしてるの？　あなたが襲われたらどうするのよ」

むっ、とマリアが眉を寄せて唇を尖らせる。

そう言われて、先ほど抱きしめられたフェリクスの熱い体を思い出してセシアはまたゾッとした。


彼女が青褪めたのを見て、マリアは翡翠色の瞳を剣呑に細める。

「……なにかあったのね？」

確信を持って言うと、慌ててセシアが首を横に振った。

「ない！　ちょっと……抱きしめられたけど、吹っ飛ばしたし」

「まぁ」

にこりとマリアは微笑み、固められたノブに触れる。

「ちょっとお仕置きしてくるわねぇ」

「だだだダメよ！　私なんかより、マリアのほうが危ないでしょ！」

慌ててマリアの腕を摑んで、セシアが止めた。その手が震えているのを見て、マリアは唇をへの字に曲げる。

「……あなたね」

「……いや、まぁ、なんかお人よしが過ぎるとは分かってるんだけど……私も最初のほうのミスは先輩によくフォローしてもらったし……」

そういう話ではない、と言いたいところだがセシアが困ったように笑うので、マリアはこれ以上どうすることも出来なくなる。

彼らの上司のマーカスとしては、寝室に押し入って投げて、飛ばして、ぶん殴って、踏むぐらいが妥当だと思っているのだが、ここにいるのはセシアの親友・マリアだ。

セシアは男に怯えていて、そしてマリアに対しては無防備だ。

「……仕方ないわねぇ」

だったらここでマーカスが出ていくわけにもいかず、仕方なくマリアはセシアと共に夜明かしをする態勢を取った。

「マリア？」

「女の子一人、野獣の檻（おり）の番をさせるわけないでしょう？　久しぶりに、ゆっくりお喋りでもしましょうよ」

窓際の飾り椅子に座り、マリアはぽんぽんと自分の隣を叩く。

「……うん！」

そろそろとドレスの裾を踏まないようにそこに座ったセシアは、安心したような笑顔を見せた。


明けて早朝。

すっかり寝入ってしまったセシアを、マーカスはマリアが身に着けていたショールでくるむ。

万が一理性を失くしたフェリクスが扉を破ってこちらに来た場合、咄嗟に取り押さえるにはマリアでは体格的に不利なので、セシアが眠ったことを確認してから彼は変装の魔法を解いていた。

寝室のほうの気配もようやく静かになったようで、マーカスは呆れた溜息をつく。

セシアが入ったからといって、女性執行官不足はまだまだ解消されていない。特に今回のような夜会に潜入する際は、女性がいたほうがなにかと便利なのだ。

それもあってこっそりマリアとして参加していたのだが、途中で会場から出ていった二人が気になって追いかけてきてよかったと、マーカスは自分の勘のよさに感謝する。

フェリクスは元騎士だ。体力も体格も、当然腕力もセシアに勝っている。そんな男が媚薬を飲んでしまったのに、外に出ないように、また外部にバレないように、セシアのような標準的な女性が番をするだなんて、発想からまず間違っている。

そして抱きしめられたと言って青褪めていた彼女を思い出して、マーカスは顔を顰めた。

前言撤回、フェリクスは一番高い塔の上から細い紐で吊るすぐらいの仕置きが妥当だろう。

眠るセシアの顔は、普段の気の強さが表面に出ていないせいかどこかあどけない。

「……マリアは俺なんだって、口では言うくせに。本当に分かってるのかね、この子は」

ツン、と頬を指先でつつくと、柔らかな感触がする。

意識のない女性にこれ以上触れるのは失礼だろう、とマーカスが再びマリアに変装しようとした時、セシアが目を覚ました。

マリアに肩を借りて眠っていた姿勢なので、当然今はマーカスの肩に寄りかかっている状態だ。

「お」

「………………!?」

ズザッ！　とセシアは座ったまま後ずさり、声なく叫ぶ。

「悪い、魔力を温存するために変装を解いていた」

「……いえ、おんぞん……そうですよね……私、寝てしまっていて……すみません」

混乱しつつも、なんとか考えを纏めて返事をするセシアを見て、マーカスは苦笑を浮かべた。

こういう時、マーカスのこともマリアのように全面的に信頼してほしいとも思う。しかし、マーカスはセシアの親友になりたいわけではない。

では、なんになりたいというのだろうか？

この問いは深追いしてはいけない、と身の内に警鐘が鳴り、マーカスはそれに従う。

改めて魔法でマリアに変装し、なにもかも仮面の下に押し込んで優雅に笑ってみせた。

「おはよう、セシア。よく眠れた？」

「……うん。ごめん、私寝ちゃってて」

途端、セシアはふにゃ、と安心したように笑う。

目の前で変貌してさえ、無意識に彼女の中でマーカスとマリアはまるで別の存在なのだ。

「いいのよ。徹夜はお肌の大敵ですもの」

「それを言ったらあんたにとってもそうでしょう？」

マーカスは、頭の隅で警鐘を聞きながら、小さく思った。

自分自身に嫉妬するなんて、始末に負えない、と。


マリアのことはまだフェリクスには内緒なので、彼が起きた気配にマリアが部屋を出ていった後、しばらくして部屋から出てきたフェリクスと共に、セシアはさっさと夜会の行われていた屋敷から撤収した。

そして、それぞれ一旦宿舎に帰り仮眠や着替えをした後、昼頃に二課室で顔を合わせると開口一番、フェリクスは改めてセシアに謝罪してきた。

「本当にすまなかった!!」

申し訳なさそうに視線を下げる様は叱られた犬に似ていて、セシアはほんの少しだけ気持ちが和む。自分よりもずっと背の高い、がっしりとした体躯の男に対してなにを考えているんだ、とすぐにその考えを振り払った。

「……いいよ。私のほうが先輩なんだから、単独行動させてしまった時点で私のミスでもあるし。もう体調は大丈夫なの？」

「ああ……怪しげな会話をしていたから、つい深追いしてしまったんだが、物が麻薬じゃなく、媚薬だったのには参った……」

フェリクスが顔を上げ赤い顔で悔しそうにするものだから、ここはきちんと言っておかねば、とセシアは眉を寄せた。

「あのね、フェリクス。実際見たのが麻薬の取引だったら、一人でノコノコ見に行ったあなたは殺されていたかもしれないのよ？」

「俺は元騎士だぞ？」

「……まぁ、そうかもしれないけど、内偵していることはバレるよね？　そうなったら、なにもかも無駄になってたと考えて」

セシアが厳しい声を出して言うと、さすがに彼も怯む。

「媚薬を飲んじゃったこと自体は、今回はお互いにミスだと認めましょう。でも、二人で組んでる意味をちゃんと考えて。今後単独行動は絶対にしないでよね！」

「……分かった。本当に、すまなかった」

素直なフェリクスの返事に、セシアもようやくホッとした。

媚薬の件だけは本人がどうしても言わないでほしい、と言うので伏せて、事の次第をレイン達に報告する。

同じく昨夜の仮面舞踏会に潜入していた彼らも収穫はなかったと聞き、まだしばらくあちこちの夜会に顔を出す夜が続くのか、とセシアはうんざりした。

昼間は昼間で、本来の経理監査部としての仕事がある。

一課に比べればかなり少ない分量で割り振られているらしいが、それでも昨夜も時間外勤務に徹していた身としてはキツイ。


昼間は事務仕事、夜は夜会。そんな日々をなんとかこなし、今現在は昼間の回廊を書類を抱えてセシアとフェリクスは歩いている。こういう時、職場が資料室という僻地にあるのは面倒だ。

「あら、セシア」

そこに、鈴の音のような耳に心地よい声が届き、セシアとフェリクスはすぐさま頭を垂れる。廊下の向こうからしゃなりしゃなりと現れたのは、マーカスの同腹の妹王女、メイヴィス殿下だ。

彼女は先の一件以来、セシアの淑女訓練に協力してくれていて、本来ならば今日の午後もその予定だった。

しかし昨夜は時間外勤務だったため、午後は仮眠をとって今夜の調査のために体力回復すること、と指示を受け、午後の予定はキャンセルさせてもらったのだ。

「予定変更の報せは聞いたわ。まったく、王女との約束を反故にするなんて偉くなったものよね！」

「う……申し訳ありません、メイ様」

セシアは素直に謝るが、メイヴィスはキッと睨んでくる。

「最近はだいぶマシになってきたけど、まだまだ捨て猫っぽい仕草が多いから気をつけるのよ！　油断してると庶民丸出しなんだから！」

「……返す言葉もございません……」

なぜこの兄妹は人のことを猫呼ばわりするのか、と不満に思いつつもセシアはますます縮こまる。

まだまだお小言という名の話が長引きそうだと思っていると、フェリクスがセシアの持つ処理済の書類に手を伸ばした。

「フェリクス」

「纏めて提出しとく。そしたら少しは時間ができるから、セシアは殿下とお話し出来るだろ？」

「ありがとう」

セシアが素直に礼を言うと、フェリクスは頷いた。

「では、御前失礼いたします、殿下」

騎士の礼を執って、フェリクスが廊下を去っていく。

セシアは感謝しつつ彼の背を見送り、放ったままだった我儘王女の存在を思い出して慌ててそちらに向き直った。

と。メイヴィスは翡翠色の瞳を呆然と丸くして、セシアの様子を真っ直ぐに見つめていた。

「……メイ様？」

「あれほど言っておいたのに、お兄様ったら……‼」

なにかに動揺し、わなわなと手を震わせたメイヴィスは口元を扇で隠したが、動揺は隠しきれていない。その動揺っぷりはセシアが心配になるほどだったが、なんとか持ち直して王女の威厳を保った。

「……こほん」

あからさまに仕切り直す。

「その……セシア？　彼……と随分仲がいいのね」

「は？　フェリクスですか？　同僚ですし……今ペアを組んでいるので、比較的気安くはありますね」

セシアは首を傾げる。

メイヴィスがこんなふうにセシアの交友関係に関して訊ねてくるのは初めてだったため、不思議に思ったのだ。

「メイ様？」

「……セシア、唐突な質問なんだけど、よく考えて答えてほしいの」

メイヴィスに真剣な表情で言われて、セシアは背筋を伸ばした。

「はい……！」

なにか王女として重大な問題に直面しているのだろうか？　だとしたら、セシアにはきっとなにも出来ることはないだろうけれど、今彼女が質問してきている相手は他ならぬセシアなのだ。出来得る限り真摯に答えよう、と知らず拳を握る。

「……こ、好ましいと思う男性の、タイプは？」

「はい……？」

思わぬ言葉に、セシアはぽかん、と目を丸くした。メイヴィスはそれを見て、焦ったように続ける。

「わ、わたくしもそろそろ婚約者の選定に入るようにお父様……国王陛下から言われていて」

「あ……そういうことですか」

「ええ、わたくしは、家族以外の男性とはあまり交流がないし、ある程度自由に選んでいいと言っていただけていても、なにを基準にすればいいか迷ってしまって……！」

焦ったメイヴィスの口数が多くなっている。

「落ち着いてください、メイ様。メイ様なら大丈夫です」

セシアはメイヴィスの手を握って、励ますように笑顔を浮かべた。

「……う、うん」

「ご自分の、人を見る目を信じて。……候補の方と交流を持ってみてはどうでしょう？」

きゅっ、とメイヴィスのほうからもセシアの手を握る。

「マーカス殿下にも、相談するといいと思いますよ。殿下がメイ様のことをお話しになる時、いつも可愛くて仕方がないご様子ですもん」

「そう……なの？　お兄様ったら……」

メイヴィスは頬を赤くして恥じらう。相変わらず、可愛い。

「さ、参考にしたいから、一応セシアの好ましいと思う男性のタイプも教えてくれる？」

顔を赤くしながら再度訊ねてきたメイヴィスを前に、セシアは真剣に考えた。

とはいえ、恋愛経験の乏しい身では、あまり役に立つことを言えるとも思えなかったが。

「……そうですね、私が好ましく思う男性のタイプは——」


メイヴィスと話した数日後。

冷や汗をだらだら流しながら、セシアはふかふかの絨毯の上に立っていた。

最近すっかり忘れ気味だったが、メイヴィスはこの国に二人しかいない王女殿下であり、目の前にいるマーカスはこの国で上から数えたほうが早い存在、王位継承順位第二位の王子殿下なのだ。

「呼び立てて悪いな、セシア」

「いえ……」

第二王子の執務室に呼び出されたセシアは、初めて入った執務室の豪華さに眩暈がしそうだった。執務机の前には書類を持った文官が一人立っていて壁際には護衛の騎士が、マーカスの座る豪奢な椅子の後ろには彼の執事のクリスが控えている。

そして大きな窓を背に、こちらを向いて座っているマーカスは、

「呼び出しておいて悪いんだが、少しそちらに掛けて待っていてくれ。急ぎの書類が来てしまってな」

などと言って気安くソファを指す。

それを聞いて言葉通り大人しく座って待つべきなのか、末端の末端文官の身であるセシアは立ったまま待つべきなのか判断がつかなくて、思わず助けを求めるようにクリスを見てしまった。

既に見慣れた銀髪に青い瞳の青年は、捨てられた子猫さながらのセシアの顔を見て、僅かに眉を顰める。

「セシア。殿下の命です、座って待ちなさい」

「は、はいっ！」

お許しが出たことにホッとして、セシアはソファの隅っこに座った。

今度はそれを見て、マーカスが眉を寄せる。

「なんでお前の言うことは聞くんだ?」

「セシアは〝王子殿下〟にお言葉を貰うことなど滅多にない身ですから、勝手が分からなかったのでしょう」

セシアに最も近しいのはマリアだが、セシアの認識ではマリアとマーカスは別人だ。

また経理監査部の課長としてのマーカスも王子には違いないのだが、上司と部下、師と弟子、という関係なので親しいながらも一線引いた関係ではある。

そして第二王子殿下のマーカス、ともなればセシアにとっては雲の上の尊き人、廊下ですれ違う際にはただただ頭を垂れて彼が通り過ぎるのを待つ身なのだ。

「ふむ……」

マーカスは唇が尖ってしまわないように、顎に手をやって溜息を飲み込んだ。

彼にとっては、セシアとは四年以上の付き合いだ。最初の二年こそお互い偽りの姿での交流だったが、正体を明かした後も屈託なく接してくれる彼女は、性別を抜きに考えてもマーカスにとって特別な存在だった。

とはいえセシアにとってその付き合いの間、親しいと感じているのはあくまでマリアとであって、マーカスとではない。

これ以上彼女自身にマーカスが踏み込むことは、先日メイヴィスに告げた通り、セシアに対してもかの婚約者に対しても失礼なことだと自戒している。

まだ輪郭を為さないマーカスの中にある気持ちが育つ前に芽を摘むことが、誰にとっても一番いいことなのだろう。

ちらりと見ると、ソファに座るセシアはカチカチに固まって緊張しているし、王子の執務室に呼び出したのはまずかったかもしれない。

マーカスは書類に目を通し、必要な箇所にサインを入れるとこちらも恐縮した様子で待っていた文官に渡した。

「出来たぞ。大臣に渡しておいてくれ」

「はっ。お忙しい中、急に申し訳ありませんでした」

文官が平身低頭の様子で詫びるものだから、つい気持ちが解れてマーカスは笑ってしまう。

「これは俺の仕事だからな、お前が謝る必要はない。しっかりと渡してくれよ」

「はい！」

感激した様子で執務室を出ていく文官の様子を、セシアは見るともなしに見遣った。

確かにマーカスの仕事ではあるのだろうが、あれほど文官が恐縮していたのだから、きっと時間外の仕事か、向こうのミスで再度サインを貰うことになったか、だろう。王城中で一、二を争う多忙な王子なのに、部下に対する接し方は上司の見本のようだった。

そういう点は、素直に尊敬する。

しかし先日の夜会の夜のように予告もなく突然マリアとして登場されると、セシアの上司への尊敬の気持ちが揺らぐのも確かだった。

「待たせたな」

「い、いえ……」

「ああ、すまん、もてなしもせず……クリス、茶を淹れてくれ」

そう言って、マーカスはソファまでやってくると、セシアの向かいに座る。

王子とお茶！　とセシアはぎょっとしてしまう。

クリスは既にそう言われることが分かっていたらしく、セシアが辞退すべきか悩んでいるうちに、素早く二つのカップをテーブルに置いた。あまりの早業に、セシアは舌を巻く。

マーカスは優雅にカップを傾けて一口お茶を飲むと、うん、と頷いた。

「茶はクリスに淹れてもらうのが一番美味いな」

「恐れ入ります」

クリスが僅かに誇らしげに礼を言う。

促されてセシアもいただいたが、高級な茶葉を使用しているのは勿論だろうが、それを差し引いたとしてもとても美味しかった。一口飲むと、温かく美味しいお茶が胃の腑に落ちていき、先ほどまでの緊張を柔らかく解してくれる。

セシアがほっと安堵の溜息をついたのを見て、マーカスがカップの陰で口元を綻ばせた。

「さて、呼び出した理由なんだが」

「はい」

突然話が始まり、セシアは慌ててカップをソーサーに置く。その際に、ほとんど音が立たなかったので、クリスは表情に出さずに感心した。

「以前の、褒賞のことなんだが。そろそろ決まったか聞いておきたくてな」

「ほう、しょう……メイ様、の件のですか？」

「そうだ」

セシアの顔に「なぜ今更？」と書かれているのを見て、マーカスはぐっ、と詰まる。

彼とてこの手段が最良手だとは思っていないのだが、他に彼がセシアを呼び出す理由が見つからなかったのだ。

経理監査部二課の課長をマーカスが務めていることは、ごく一部の者にしか知らされていない。二課の会議に参加したり、セシアに稽古を付けたりしている際は人目に付かないように気をつけていて、王子としての公務の際に課員と会った時などは他人行儀に接しているのだ。

しかも、それらは多忙な中で執行官としての仕事のために捻出した時間であり、そこでプライベートな話をセシアとするのはいかがなものか、と公私を分けていたつもりだった。

そう、今マーカスは、私用でセシアを呼びつけているのだ。

彼女の業務時間外に呼び出すなんて、これではメイヴィスの我儘と変わらないではないかと少し恥ずかしくもあった。

「えっと……褒賞はいらない、と言ったつもりなんですが……」

「そういうわけにもいかない、と俺も言ったはずだ」

そう言われても、とセシアは困る。

確かに王女を守ったことは今考えると大した功績だとは思うが、どう考えてもセシアだけの功績とは思えないのだ。

なのに、マーカスもメイヴィスもとても感謝してくれていて、事あるごとに便宜を図ろうとしてくれる。

そのせいで逆に、いっそ小さな宝石でも貰ったほうが丸く収まるのではないだろうか？　と最近は思うようになってきてしまっていた。

「うーん……とはいえ私は本当に庶民育ちなので、褒賞ってなにが一般的なのかよく分からないというか……」

褒賞といえば金一封ぐらいが関の山で、それだって与える側が金額を決めるものだろう。

二度目の学生時代には学費やその他に掛かる費用などは奨学金と国の補助を申請してなんとか生活していたが、基本的にセシアは未だロクな資産を持たないド平民なのだ。

突然王子様に妥当な褒賞を望めと言われても、困る。

ちなみに奨学金は、学年首席をキープしたため返金の義務はなく、国の補助もクリスが調べに調べつくしてくれたおかげでほとんど返済する必要のない方法が取れた。そう思えば、感謝するのはセシアのほうだ。

主に、クリスに。いや、命じたのはマーカスだが。

「それもそうか……例えば主だったものだと、領地、爵位、もしくは王城での仕官の位を上げるだとか、あー、勇者とかになると王女を娶る、とかもあるよな」

「大それた例すぎて、全然参考になりません！」

青褪めてセシアが言うと、マーカスはニヤニヤと笑った。

「許せ、今のは救国の際の褒賞だ。さすがに王女はやれん」

「いただけません……！」

この悪童め！　とセシアはマーカスを睨みつける。壁を背にしていて、護衛騎士にバレないのをいいことに、思いっきり。

「領地は言いすぎだが、王都に小さな屋敷ぐらいなら可能だぞ？」

「うっそ！」

「セシア、言葉遣い」

素早くクリスの叱責が飛んできて、慌ててセシアは口に手を当てる。

「そんな高額なものをいただけるんですか……？」

「可能だ」

マーカスが鷹揚に頷くと、セシアの紫の瞳が輝く。

自分の、家。

幼くして両親を亡くし、伯父の家でほぼ無給のメイドとして搾取(さくしゅ)され続けてきたセシアにとって、温かな家庭は自分には手に入るはずもない、と最初から諦めてしまっている遠い夢だ。

家族ではないけれど、自分が必ず帰る場所として家があれば……心の奥底で彼女を常に苛(さいな)む、この寄る辺のなさと離れることが出来るのだろうか？

いつか家族が出来たり、家族ではなかったとしても親しい友達が遊びに来たり。

城の宿舎ではないのだから、動物を飼うことも出来るかもしれない。

近所の人と親しくなったり、馴染みの店が出来たり。

そういったごく普通の庶民の生活を、いつかセシアにも営(いとな)むことが出来るのかもしれない。

その一歩として小さな家を貰うというのは、なにかとても素敵な提案のように思えた。

マーカスは小さな屋敷、と言ったので、セシアの想像するやや広い家、とはまた規模が違うのだが、ここにそれを指摘する者はいない。

「……家は、いい案かもしれません」

セシアがぽつりと言うと、マーカスは我が意を得たりとばかりに身を乗り出す。

「だろう？　拠点を得るのはいいことだ。不動産はいざという時の資産としても使えるしな」

矢継ぎ早に彼女が好みそうな言葉を並べて、マーカスは畳みかけた。提案が通りそうなことに機嫌をよくした彼は、更にダメ押しをしようと顔を上げてセシアを見て、ぴたりと動きを止める。

セシアはまるで、子供が嬉しくてたまらないのにそれを我慢する時のような、ムズムズとした表情を浮かべていたのだ。

それを見てマーカスは驚く。本当に、彼にとっては大した褒賞ではないのだ。

王都とはいえ、様々な理由で屋敷や土地を手放す者は多く、それを国が管理することになるのはよくあることだ。

その土地や屋敷を、褒賞の一つとして功績を上げた者に与えることもよくあることで、受け取った者で既に自身の屋敷を持つ者などは、すぐにそれを売って金に換えてしまうことだって珍しくはない。

だというのに、セシアは本当に嬉しそうにしているのだ。

根無し草の捨て猫。

セシアを見て、マーカスがいつも思うのはそれだ。

彼女自身の努力と訓練の甲斐(かい)もあって、今や普段のセシアを見てそう感じる者は少ないだろう。淑女教育も、文官としての所作も板についてきて、一見して身よりもない平民にはとても見えない。

けれど、マーカスにとってはセシアはいつまでたっても痩せっぽっちで強がりの、全身で警戒している、可愛い捨て猫だ。

いつかセシアが、マーカスではない他の誰かの隣であったとしても、幸せで笑っていられるようになればいい。それだけはずっと思っていた。

出来れば、自分の隣で笑っていてくれたらもっといい、と最近気付いてしまったのが困りものなのだが。

今ならまだ引き返すことは可能だ。それでも、セシアを友として大切に思うことは矛盾しない。

マーカスは友情の範囲内において彼女を大切に思い、見守ることを自分に許した。

「……どうする？　屋敷が褒賞でいいのならば、いくつかよさそうな物件を見繕うが」

彼がそう言うと、セシアは慌てて顔を上げる。

美味い話には裏があるということを思い出したのだ。つい最近、この悪童主導で。

「…………よく考えさせてください」

セシアが声を絞り出すと、マーカスはすぐに彼女の懸念に気付いたようで快活に笑った。

「相変わらず慎重なことだ。よいよい、別に期限はないんだから、じっくり悩め」

わざわざ催促に呼び出した男の言葉とは思えない。セシアは彼をキッと睨んだが、存外柔らかな視線とかち合って、身の内が震えた。

唐突に、先日のメイヴィスの問いへの自身の答えが蘇る。

王女殿下に「好ましいと思う男性は？」と訊ねられて、セシアはものすごく真剣に考えたのだ。

考えて考えて、そして出た答えは、王女にお聞かせするには不適当なもの。ちっとも参考にならなさそうな答えだった。

「私にはもう家族がいないので、家族を大切にしている方がいいです」

セシアがそう言うと、まるでメイヴィスは自分が傷つけられたかのように、つらそうな表情を浮かべた。

それから、小さく温かな手がセシアのそれを握ってくれる。小さな温もりに勇気を貰って、彼女は言葉を続けた。

「あとは……徹底抗戦というのが、家族がおらず他に頼るもののなかった私の信条です。逆境に負けず屈さずに生きるための、意地を張るための、言葉でもありました」

「あなたは意地っ張りだものね」

メイヴィスの瞳が柔らかく笑む。

セシアは少し恥ずかしくなったが、話し始めてしまったのだから最後まで伝えなければ王女の問いへの答えにはならない、と続ける。

「はい……そんな私なので……少し離れたところで、私のことを見守ってくれる人がいいです。私はやっぱり自分のことは、自分で戦って、勝ち取っていきたい。でも挫けそうな時、諦めてしまいそうな時に……」

セシアはそこで僅かに目を伏せる。

「……助けて欲しいわけじゃないんです。そっと背中を押して欲しい。大丈夫だから、頑張れって言って、絶対に味方でいてくれる……そんな人を、好ましく思います」

自分の中に、ストンと降りてきた素直な気持ち。

婚約者選びに悩む可憐な王女にはきっと、なんの参考にもならない。

それでも、セシアはそれを口にしている時、不思議と満ち足りた気持ちだった。

それは、話している時に、浮かんだ人がいたから。

びっくりするぐらい優しい、翡翠色の瞳。目じりが僅かに下がり、よく見ようとする時に研ぎ澄まされたように視線が鋭くなるのは、マリアと同じだ。

信頼している部下を見る時、大切な妹を見る時、そのどれでもない、セシアを見る時の不思議な瞳の煌めき。

その柔らかな輝きが、セシアは大好きだった。

ずっと前から。

「セシア？　とりあえず、屋敷を探しておくからな。受け取るかどうかはまた考えてもいいが……」

自分の記憶を辿ってしまっていたセシアの耳に、今思い描いていた人の声が届く。慌てて彼女は顔を上げた。

屈託なく楽しげに笑うマーカスは、自分をぼんやりとした目で見つめるセシアを見て首を傾げる。

「……大丈夫か？」

「だい、大丈夫です……」

いつの間にか、セシアの顔は真っ赤になっていて、マーカスは不思議そうに今度は逆方向に首を傾げた。

「いや、大丈夫じゃないだろう。医師を呼ぶぞ」

「だい、じょうぶ！　本当に大丈夫ですからっ！」

慌ててセシアは手を振って、彼を止める。こんなことで医者に診られてはたまらない。

メイヴィスにあんな話をするんじゃなかった。きっと参考にならなかったし、共感も出来なかっただろう。

なにより言わなければ、自分の気持ちを真正面から見つめなくてすんだのに。

「本当か？　お前はなんでもない、大丈夫、と言っておいて、後でぶっ倒れるタイプだからな

「……」

ブツブツと口では文句を言いながら、マーカスの翡翠色の瞳は心配そうにこちらを見つめている。たまらなくなって、セシアは視線を逸らした。

この王子様が、好きだ。

気付いた瞬間、失恋決定だなんて、やっぱり自分はツいてない。

その日の夜。

恋に気付こうと勝手に失恋しようと、陽は変わりなく沈むし仕事の時間はやってくる。

またもやセシアとフェリクスは、昨日とは違うアンダーグラウンドな夜会に参加していた。

ここ数日、執行官達はあちこちの夜会に顔を出す日々を送っていて、正直かなり疲労している。そこで思いきって範囲を狭めることになった。年嵩で地位が高く保守的な貴族の催す夜会を捜査の範囲外に置き、比較的年齢が若くどちらかというとアウトローな貴族が開く夜会を中心にレインがピックアップしたのだ。

そうなると規模は小さく、そして一夜にいくつも開催されていた。

なにせ今は社交シーズン真っ盛り。貴族は皆こぞって着飾り、あちこちの夜会に繰り出しているのだ。その中でならば、後ろ暗いことをしている夜会の一つや二つあっても目立たない。

今夜の会には、フェリクスもセシアも髪色と瞳の色を魔法で変えて参加していた。

仮面舞踏会ではないので、せめてもの変装だ。意外と髪の色の印象などは強いので、かなり有効であることをセシアは過去の経験から知っている。

「フェリクス、知り合いはいなさそう？」

「ああ。まぁ俺は子爵家の次男といっても、騎士学校を卒業してすぐに騎士団に入ったから社交界では顔は知られていないほうだしな」

そう言うフェリクスは一応眼鏡も掛けて、申し訳程度に変装を重ねていた。

「少し後ろ暗いパーティってどんなものかしら、と思ったけど……つまりはこういうことね」

セシアはうんざりと溜息をつく。

あちこちで紫煙が燻り、人目を憚らず口づけを交わしている者もいる。

ダンスホールにあたる場所にはカードゲームの卓が多く並び、給仕の女性達は皆一様に露出度が高い。

「俺から離れるなよ、セシア」

フェリクスがキリリとした表情で言うが、セシアはフッ、と鼻で笑った。

「その言葉、そっくりそのまま返すわ」

先日の失敗を蒸し返すつもりはないが、捨て猫と称されるほど痩せっぽっちで魅力のないセシアと、いかにも育ちがよさそうで体格のいい男性であるフェリクスならば、どちらに目をつけられるかは明らかだろう。

「あんたすっごくカモられそうだから、本当に気をつけて」

「う……了解した」

フェリクスは、実直な男なので考えが顔によく出る。

正直、執行官よりも騎士のほうがよほど向いていると思うけれど、そこは上司が彼を選んだのだ。セシア同様なにかしら見どころがあってのことだろう。セシアは口出しするつもりはない。

だが、その顔に出やすい性質や彼の明らかに育ちのよさそうな様子も相俟って、今現在、カード台で手ぐすねを引いている連中にとっては極上のカモに見えていることだろう。

二人で座るにはかなり密着しなくてはいけない、やや小ぶりなサイズのソファに並んで腰かけて、いちゃついているフリをして二人はコソコソと話す。

そうでもしていないとフェリクスは、露出度の高い見知らぬ女性達にすぐ腰を触られたり尻を撫でられたりするので、可哀相に今や籠の中のウサギのようにぷるぷると震えていた。

そんな彼だが一方でセシアのことは完璧にエスコートして守ってくれていたため、セシアの被害はゼロだ。

それがまた、己には魅力がないので大丈夫！　というセシアの自信の裏付けになってしまっていることに、不幸なことに二人とも気付けていない。

「とはいえ、ここで二人ちまっと座っててもどうしようもないわね。少しはカードとかに参加するべきかしら」

「カードは危険じゃないか？　素人(しろうと)なのがすぐバレそうだが」

「そうよね……でも、他ってあんなカンジだけど」

セシアがちらりと視線で誘導し、フェリクスもそちらを見遣ってぎょっとする。

少し離れた位置にある、同じようなソファに座る男女はまるで情事でも始めそうなほど熱烈にキスを交わしていて、男の手は女のドレスの裾に突っ込まれていた。

「刺激的すぎないか……！」

「初心(うぶ)すぎる……」

顔を赤くしたフェリクスに、セシアはぽかんと口を小さく開ける。

セシアだって、年頃の乙女なのでそういったことの刺激には弱い自覚があったが、ディアーヌ子爵家でメイドとして働いていた経歴のせいで多少耳年増になっていた。

年上の後輩の初心すぎる一面を見て、逆にセシアは冷静になる。

あちらのソファのように振る舞うことは、当然セシアにもフェリクスにも無理だし、そこまですることを上司も望んでいないだろう。

ならば、他の方法でこの場に溶け込むべきだ。

「やっぱりカードゲームに参加するほうが無難なようね」

「……そうだな」

「フェリクス、出来る？」

「騎士学校で少しルールを教えてもらった程度だが……」

先の一件から、セシアに対してはすっかりビッグマウスを封印したフェリクスは、自信なさそうに眉を下げる。

元々彼にカードゲームで勝者になって欲しいわけでもなかったし、それを期待してもいなかったのでセシアは軽く首肯した。

「十分よ。新参者が大勝ちしたら怪しいもの。少しカモられて、頃合いを見て切り上げましょう」

問題は簡単に切り上げさせてくれるかだが、そこは恋人役のセシアが強引で我儘なフリでもするしかない。金持ちの坊ちゃんとその恋人が少し悪いことをしたくてこの夜会に来た、という体を表現出来れば十分だ。

なるべく自然な動作でフェリクスはセシアの腰を抱いてソファから立ち上がると、ちょうど一人抜けた卓に歩み寄った。

「俺も参加出来るかな？」

「勿論です。ですが、コインではなく現金での参加が原則となります。お手持ちに余裕はございますか？」

卓の向こう側に立つディーラーがそう言い、フェリクスが頷くとセシアは不満そうな表情を浮かべてみせた。

「あなた、賭け事弱いくせに」

「だって面白そうだろう？」

フェリクスがわくわくとした様子で言うと、セシアは肩を竦める。

そんな二人を見てディーラーはにこやかに頷き、卓に座る他のプレイヤーにも目配せをした。

「ではこちらの方が次の回から参加ということで、よろしいですか？」

「ああ、勿論」

「お兄さん、可愛い恋人にいいところ見せないとねぇ」

と、他のメンバーも和やかに受け入れてくれる。

フェリクスは気をよくして椅子に座ると、気合十分！　とばかりに指の骨を鳴らした。

そのいかにも張り切った様子を見て、少し過剰な演技かも、とセシアはつい苦笑してしまった。

そして時間が過ぎ、案の定終盤には少し勝ち始めたフェリクスは、調子に乗って大金を賭け最後には大損した。

これはディーラーと他のメンバーがグルになっているというわけではなく、新人は必ず通る通過儀礼のような流れだ。

少し勝った、という成功体験が麻薬のように新入りの脳内に気持ちよく回り、次は勝てるかも、というギャンブルの深みに嵌っていく典型的な構造。

「もー！　あなたったら調子に乗って、バカねぇ！」

セシアが腰に手を当てて叱るとフェリクスはわりと本気で落ち込んでいるらしく、垂れた犬の耳と尻尾が見えそうな様子で項垂れていた。

「すまない……！」

「……これに懲りたら、苦手な賭け事なんてやめることね」

さりげなくフェリクスの腕を引いて、セシアは彼を立たせる。

「おや、お兄さん。もう終わりかい？」

隣の席のメンバーに言われて、フェリクスはしょんぼりとした様子で頷いた。

「偉そうに参加しておいて悪いが、このままだと彼女に愛想を尽かされてしまいそうなんでな」

フェリクスは、本当に賭けで失った額にショックを受けているのだろう、ヨロヨロと歩きだす背中には哀愁が漂っていて、その後ろからは残ったメンバーの快活な笑い声が響いた。

「うう……すまない、セシア。俺はまた失態を……」

「……ん？　失態？　見事なぐらい素人を演じきれていたわよ」

壁際に落ち着くと、セシアはからりと笑って言う。

育ちがよく賭け事に嵌りかけのお坊ちゃん、という姿を周囲に印象付けたし、あそこまで典型的な素人がまさか潜入している執行官だとは誰も気付けないだろう。それほど見事なカモられっぷりだった。

「やっぱり天然に勝るものはないわね、フェリクス。お見事だったわ」

「褒めてるんだよな？　それ……」

セシアの微妙に逆撫でする言い方に、フェリクスは頬を引き攣らせる。

「褒めてる褒めてる！　……もし私が麻薬の売人だったらこのカモに売りつけよう、って思うもの」

セシアがにっこりと笑って、フェリクスにしな垂れかかるように抱き着いた。

「!?　お、おいセシア……」

焦るフェリクスの耳元に唇を寄せて、セシアはそっと囁く。

「向こうから男が二人、こちらに向かって歩いてきてる。私の背中に手を回して、いちゃついてるフリをして」

「……分かった」

こちらも小さな声で返事をして、フェリクスはセシアの背に腕を回す。

そしてセシアのその体の華奢さに、ぎょっとした。

今まで彼が付き合ってきたのは肉感的な女性が多かったし、同僚の女性騎士は女性らしい体つきはしていても、しっかりとした体躯をしていた。

だというのに、セシアの体は痩せていてまるで子供のように頼りない。貴族令嬢のしなやかな華奢さとは違い、フェリクスが力を入れればいとも容易く折れてしまいそうな、まだ骨格のしっかりしていない幼い子供のようなのだ。

こんな子供のような女をかつて自分は怒鳴りつけていたのか、と思わず反省の気持ちが込み上げる。

「……来た」

だが、セシアのその鋭い声にフェリクスは慌てて意識を切り替える。今は仕事中だ、反省は後でも出来る。

仕立てのよい夜会服を着た男性が二人、セシアとフェリクスの前に来てにこにこと笑った。

「こんばんは、お二人さん」

「……いい夜ですね」

声をかけられて、セシアはちらりとフェリクスを見上げる。こういう時、主導権は男性に握らせておくほうが無難なのだ。

女性執行官として期待している、とマーカスには言われているが、文化の違う他国との交流が盛んなこの国ですら、まだまだ旧態依然とした男性優位の考えが根強く残っている。

フェリクスは少し困ったような表情を浮かべて、抱擁は解いたもののセシアを守るように彼らとの間に立った。それに従うように、彼女も動く。

二人連れの男達はそれを見て、またにっこりと笑った。主導権がどちらにあるのか確認したのだろう。

「二人とも、ここは初めて？」

「ああ、噂には聞いていたけど楽しいパーティだな」

フェリクスはセシアを抱き寄せて、ご機嫌な様子で喋る。彼女は不自然にならないよう、「先ほどの大損のことを忘れていないわよ」とばかりにヤレヤレと苦笑してみせた。

「そっちはよく来るのか？」

「ああ。俺達は主催のアクトン侯爵と知り合いだからな、家族ぐるみで仲がいいんだ」

朗らかで快活な男の話ぶりは、この淫蕩（いんとう）な雰囲気の夜会には似つかわしくない。

そう思って改めて二人の男を見ると、明るい金髪の男は溌剌（はつらつ）とした様子で喋り続けていて、その隣に立つ焦げ茶の髪の男はどこか陰鬱（いんうつ）とした様子でこちらを値踏みするように見ていた。

奇妙な組み合わせだし、なにより焦げ茶色の髪の男性の視線が不快だ。

それに、先ほど気になる名前を耳にした。

〝アクトン侯爵〟

事前に調べた限りでは、この夜会の主催は新興の男爵家だったはずだ。

確かにただの新興貴族にしては豪奢な建物や設えだが、エメロードでは裕福な商人や平民がなにかしらの功績を上げて爵位を賜ることが、ごく稀にある。国に正規に申請をして許可が下りれば、爵位を複数所有している高位貴族が褒美として平民に爵位を授けた例もあったほどだ。

その流れで、下手に歴史のある高位貴族よりも財源豊かな下位貴族だって存在する。

そしてなによりこの夜会のコンセプトが、気位ばかり高い高位貴族のお歴々には絶対思いつかないような破廉恥な内容だったため、主催の新興男爵家とやらの存在を疑ってはいなかったのだ。

「別室で、侯爵の親しい人達だけでやるちょっとした遊戯があるんだが、君達も来ないか？」

金髪の男が、出入り口の扉を指して言う。

「だって、行ってみようか」

フェリクスに言われて、セシアは驚いて彼を見上げた。

「まぁ、あなた。私達、その……侯爵様？　と親しくないのに、突然行ってもいいのかしら？ご迷惑なのではなくて？」

「ああ……それは確かに。でも興味あるだろ？」

フェリクスは行きたそうにうずうずとした様子を見せる。

勿論、ものすごく怪しいので彼らについていくつもりだが、突然振られた話にこちらが無防備に飛びつくのもまた怪しいだろう。

セシアが躊躇う様子を見せて、主導権を握っているフェリクスは行きたがって見せたのだ。

「……アクトン侯爵は心が広いから大丈夫だよ」

焦げ茶色の髪の男が、初めて口を開いた。

少し焦っているかのような素振りがあり、彼の視線は床のあたりをキョロキョロと彷徨っている。

「そうだよ！　仲良くなれそうな人がいたら、連れてきていいって言われているんだ」

金髪の男は、そんな相棒の背を軽く叩いて後押しした。

「なぁ、二人もこう言ってくれてるし、いいだろう？」

フェリクスに言われて、セシアも頷く。

「侯爵様にご迷惑じゃないなら、私は構わないわ」

主導権はフェリクスにある体なのだから、彼を籠絡すれば二人連れの誘導は成功するのだ。

「じゃあ決まりだね！　あ、俺の名前はジャック、彼はトーマスだよ」

ジャック、と名乗った金髪の男は、自分と焦げ茶色の髪の相棒・トーマスを指して自己紹介をする。

「俺はフリッツ、こちらは恋人のセーラだ」

フェリクスも気軽に笑って偽名を名乗り、セシアのことも紹介する。

「よろしく、フリッツ、セーラ。……こっちだよ」

ジャックに誘導されて、セシアとフェリクスはホールを出る。

廊下にはたくさんの燭台に火が灯されていたが、それでも一つ一つの灯りの範囲が狭いため、どこか薄暗さが漂う。近年貴族の間では、魔法で灯すことの出来る魔法灯もかなり普及してはいるが、この屋敷では採用していないようだ。

先導して歩く二人連れにバレないように、セシアはフェリクスの体の陰で魔法を構築する。

こちらはメイヴィスの誘拐事件の後に真っ先に学んだ魔法、仲間に伝令を飛ばすものだ。予め縁を結んでおいた相手にしか飛ばせないが、今回はそれで十分。

まず一番上の上司であるマーカスへ。しかし多忙な王子は連続で夜会に潜入はしていないだろうから、さっさと次を飛ばさなくてはならない。

レインにも飛ばそう、としていたところでトーマスがセシアをふり返る。

「今、なにかしたか?」

「なにか、とは? 彼が私のお尻を触ったので、お仕置きしましたけど」

ツン、とセシアが顔を背けると、フェリクスはまずいところを見つかった、といったふうに顔を顰めた。

「……そうか」

トーマスがまた視線をあちこちに彷徨わせながら言うと、少し先を歩いていたジャックが笑った。

「仲がいいね、お二人さん。さぁ、ここから下るよ」

暗い洞のような地下へと続く扉を開かれて、セシアは表情を変えないように気をつけつつも、内心ではゾッとしていた。

「なぁ、あのトーマスって男、動きが明らかに麻薬常習者のそれだよな」

「……うん。ジャックのほうの妙な明るさも、常習者特有の躁状態」

地下に入ってしまったせいで、伝令の魔法が飛ばせなくなってしまった。この魔法に限ってはまだセシアが未熟なせいもあって、外に空気が通じている場所でなくては魔法が上手く届かないのだ。

「……伝令、時間が足りなくて殿下にしか送れなかったわ」

「え？　……だが、殿下ならそれを先輩に送ってくださるだろう」

フェリクスが小さな声で返してくる。セシアもそう願いつつ、外に通じる窓などがないか探す。

降りた段数的にそこまで地下深くということではなさそうなので、半地下といったあたりか、と予測した。

「……あと、さっきの侯爵が気になってるんだけど」

「アクトン侯爵？　特に悪い噂は聞かないけどな……この夜会の主催は男爵のはずだし、ジャックが言い間違えたとか……？」

「なにを隠れていちゃいちゃしてるんだい？　着いたよ」

ジャックが明るい声で言い、目の前の扉が開かれる。

重い音を立てて開いた先から、もわっと甘い香りが漂ってきた。

人工的な甘ったるい香りに、そっと口元を覆う。視線で確認すると、フェリクスも険しい顔をしているのが見える。

目配せし合って匂いの大元を探すと、テーブルの上に異国ふうの香炉が置かれていてそこから細く煙が立ち昇っていた。

執行官である二人は予め押収した〝天使の薬〟の香りを確かめていたので、その煙が同じ薬由来のものだと分かる。既に捕まっている常習者の一人の聴取で、天使の薬は粉末状で飲み物などの液体に混ぜて服薬すると聞いていたが、香のような使い方もあるとは調査漏れだ。

直接経口摂取するより、鼻から香りとして吸うほうが効果は弱いだろうけれど、遅く利く分知らぬ間に多く吸ってしまう危険性が高そうだ。

セシアはあからさまに顔を顰め、いかにも気に入らない、といった様子で扇で扇いでみせる。

「この匂い、なんなの？　空気が悪いわね」

言いながら、視線で明り取りか換気用の窓を探す。半地下ならば外へ通じる開口部があってもおかしくない。

「いい香りだろう？　この香りを嗅ぐとリラックスできるんだ」

ジャックが先ほどとは違い、随分落ち着いた様子で話す。薬を嗅いで、効果が出始めたのだ。

きっと彼は常習者であり、先ほどまでは禁断症状に陥っていたのだろう。

部屋はあまり広くはなかったが、大勢の人がいて皆思い思いに麻薬を服用していた。フェリクスがバレないようにこっそりと拳を握る。

享楽的に麻薬を吸い、あちこちで酩酊状態になっている貴族達はフェリクスやセシアが全く見えていないようだった。

異様な雰囲気に、セシアは相棒の袖を引いた。

「……フェリクス、ここで麻薬が使用されてることは分かった。今はここで退こう」

「そうだな……人数も多いし、俺達だけでどうこう出来るものでもない」

セシアが囁くと、フェリクスも頷く。

ここにいる者は自覚的に麻薬を吸っていて、それ自体が犯罪だ。だが人数が多いので、今ここで二人だけでは捕縛出来ない。一旦屋敷を出て、速やかに警備部麻薬課に連絡して捕縛してもらうのが妥当だろう。

「フリッツ？　どうかしたかい？」

ジャックににこやかに声をかけられて、フェリクスもなんでもない態度を装う。

「すまない。セーラにはこの香りは合わないみたいで、具合が悪くなったようなんだ。侯爵に挨拶もしていないのに申し訳ないが、今夜はこれで失礼させてもらうよ」

「そうなのかい？　すごくいい香りなのに……まぁ合わない体質の人もいるかもしれないな」

ジャックはいかにも残念そうに頷いた。

彼とトーマスは、新しい中毒者を作るための勧誘要員かと疑っていたのだが、ここで素直に帰してくれるところをみると違ったようだ。

「招いてくれてありがとう、ではまた……」

フェリクスが、具合が悪いセシアを抱えるようにして地下の部屋を出ようとする。

——が。

「ほら、エイミー様。もっと飲んで」

聞こえてきた名に、セシアはハッとする。

「セーラ？」

足を止めたセシアをフェリクスが不思議そうに促す。彼女は入ってきたのとは違う、別室に続く扉を凝視した。

奥の部屋でも麻薬を吸っている者がいるのか複数人の気配がするが、こちらの享楽的な雰囲気とは違い怒号が聞こえる。

「セーラ」

たとえ向こうで取引が行われていようとも、踏み込んで捕縛するのは二人では無理だ。

目の前で悪事が行われていようとも、ここは引き下がるべき。

それはセシアも、勿論分かっているのだが。

セシアが再び歩き出そうとした時、向こうの部屋から悲鳴が聞こえた。フェリクスも唇を噛む。

「……ごめん、フェリクス。確信はないし、後でどんな罰も受ける」

「おい……」

「だって、ここで引いたら私は私を許せない！」

フェリクスが止める前に、セシアは素早く動いて別室の扉のノブに手をかけた。

バンッ、と大きな音を立てて扉を開くと、奥には男が数名と女が一人いた。

男達に腕を拘束された女は、今まさに無理矢理なにかを飲ませられようとしている。

恐らく、水に溶かした麻薬を。

「っ、その人を離して！」

セシアはカッとなって叫び、一番近くにいた男に魔力を載せた掌底打ちを叩き込んだ。ドレス姿なので、踏み込みが甘くなってしまい手応えが弱い。

「あ、馬鹿」

「ごめん！」

フェリクスの声にセシアは勢いのままに詫びると、続くもう一人を魔法で吹っ飛ばした。訓練のおかげで、力の加減を見誤ることもなく、抜群の塩梅で吹っ飛ばすことが出来る。

仕方なく、フェリクスもわけが分からないまま、殴りかかってきた別の男に応戦した。

女を拘束していた男達がいなくなったので、セシアは彼女に駆け寄る。

「大丈夫⁉」

「あ……」

彼女がよろめき、セシアはさっとその体を抱きかかえて検分した。見えるところに外傷はないが、医者でもないセシアに正確な診断なんて下せない。

「……あなた、名前は？」

「……エイ、ミー……」

息も絶え絶えに言うのを聞いて、セシアは確信を強める。エイミーは随分弱っていて、気休めだと思いつつ、彼女の濡れた口元をそっと拭ってやった。

「アクトン侯爵令嬢？」

訊ねると、エイミーはのろのろと頷く。

掠(かす)れた声で、彼女は言った。

「……た、す、け……て」

その一言に、セシアは様々な葛藤を撥(は)ねのけて自身が奮い立つのを感じる。

「……分かった」

「おい！　なんだお前達‼　麻薬課か⁉」

そこに新たに体格のいい男が現れて、セシア達を怒鳴りつけた。

手前の部屋で麻薬を吸っていた人達は、この騒ぎにもさして関心がなさそうにトロンとした目をしていて、フェリクスもセシアもゾッとする。だが、もう後には引けない。

「麻薬課じゃねぇよ!! ……あーもう! 本当に後で俺にも謝れよ、セシア!」

「この前の借りを返せてよかったでしょう、フェリクス!!」

セシアは怒鳴り返して、エイミーを抱える。

「誰だよ、その女!」

「アクトン侯爵令嬢……駆け落ちして、社交界から消えたって噂だったけど、こうして薬を与えられて拘束されていたようね」

エイミーを抱えるセシアを守る位置に立って、フェリクスは姿勢を低くして構える。先ほど現れた体格のいい男は用心棒も兼ねているのか、明らかに手練れだ。

他にも数名同じような男がやってきて、表情を見れば彼らが薬物をやっていないことはすぐに分かった。ハッキリとした意思、つまり怒りを抱いているのが明白だ。

セシアは男達に言い放つ。

「エイミー様は侯爵家に戻すわ」

「なんの権利があってそんなことを言う!? そいつは望んでここにいたんだ、突然現れて、エイミーを連れ出そうとしているお前達のほうがおかしいだろう!!」

男に言われて、確かにそのようにも見える、とセシアは顔を顰めた。

セシアがさっき見た光景では、エイミーは明らかに無理矢理麻薬を飲まされているようだったが、最初はそうではなかったのかもしれないし、ここでエイミーを連れ出すことが正しいことなのかは判断はつかない。

でも、彼女は「助けて」とセシアに言ったのだ。今信じるべきはその言葉だけ。

「それでも、これはおかしい。正常な判断の出来ない人に麻薬を与えて拘束することは、絶対におかしい!!」

セシアが男達に向かってそう叫ぶと、彼らは口で言っても通用しないと判断したのかフェリクスとセシアを制圧にかかってきた。

「あいつらを捕まえろ!!」

「下がってろ、セシア!」

フェリクスは怒鳴り、狭い部屋はあっという間に戦いの場となる。人数は少ないものの相手もなかなかの手練れらしく、フェリクス一人ではあまり時間を稼げそうにない。

セシアはエイミーを庇(かば)いつつ、あたりを探ったが、入り口は男達が現れた扉だけ。だが幸いにも自分達が背にしている壁には、高い位置に外へと通じる通気口があった。

後ろ手に壁に触れて、感触を確かめる。石造りの堅牢な部屋。その壁は一分の隙もなく組まれた石壁だが、しかし通気口の穴がある面にはそれでも僅かにあそびがある。

「……これなら、きっと吹っ飛ばせる」

セシアは冷や汗をかきつつ、手の平で壁に触れた。

セシアは特別格闘技術に秀でているわけでもないし、なにか特殊な能力を持っているわけでもない。

ただ人よりも少し器用で、こと魔法の威力の調節に関してはまるで繊細な味の料理を作るがごとく、細かく調節出来た。その特技を生かして、普段は人を壊さないように出力を常に抑えて魔法を放っている。

しかし、今は分厚い壁が相手だ。遠慮はいらない。

「フェリクス、避けて！　最大出力でぶっ飛ばす!!」

セシアが叫ぶと、意味を悟ったフェリクスは慌てて男達から離れて机の陰に隠れる。

壁についた彼女の手の平を中心に魔法が発動して、壁にヒビが入り文字通り吹っ飛んだ。

ドゴンッ!!　と大きな音がしてセシアを中心に壁は爆発し、瓦礫(がれき)となって飛び散った。

「ぐわっ!?」

「ぎゃっ!?」

男達はそれぞれ構える暇もなく、その瓦礫に当たって次々に倒れていく。

フェリクスの隠れる机の天板にも瓦礫は突き刺さり、彼は青褪めた顔で叫んだ。

「馬鹿！　考えなしが！」

「考えた結果こうなったの!!」

「なお悪い!!」

フェリクスに怒鳴られつつセシアは瓦礫を踏んで穴の空いた箇所から外に出て、地上を目指す。さほど深くはなかったが、ドレスの裾やクリノリンが邪魔で苦労した。

なんとかエイミーを連れて地上に這い出て場所を確認すると、そこは通りに面した前庭。夜会の行われているホールからは少し離れていたおかげで他に被害はなかったようだ。

「よかった……」

芝の上にエイミーを横たえてセシアがほっと息をついた瞬間、落ち着く暇もなく背後から首を絞められる。

「!?」

ヒュッ、とセシアは息を呑んだが、あまりの苦しさに悲鳴は音をなさない。

「ちっともよくねぇよ!!　めちゃくちゃにしやがって!!」

最初にセシア達に怒鳴った男が、彼女の首を絞めている。遅れて外に出てきたフェリクスを牽制しつつ、気絶しない程度の力でセシアを痛めつける。

「お嬢様はいいカモだし、父親の侯爵を脅してたんまり金を搾り取れてたってのに、お前らのせいで全部潰されたんだぞ！　この細い首ぐらい折ってやんなきゃ気が済まねぇよ！」

ギリギリと首を絞められては、セシアは集中して魔法を練ることが出来ない。

ならばせめて体術でと思うが、本当にドレスというものは動きにくい。普段の訓練は動きやすい服装でしていたものだから、そのあまりの差にセシアは歯噛みした。

なるべく目立つよう派手に壁を吹っ飛ばしたので、通常巡回の警邏隊にも通報は行くだろう。郊外の広い土地に建つお屋敷とは違い、王都の屋敷は広くとも限度がある。外からも騒ぎには気付いてもらえるだろうから、この男達の悪行はここで潰えたと言ってもいいはずだ。

出来れば麻薬をばら撒いていた者達を一人残らず捕まえてほしいが、それは難しいか。重ね重ね、自分の短慮が恨めしいセシアだったが、エイミーの悲鳴を聞かなかったことには出来なかった。

「そいつを離せ！」

「離すわけねぇだろ!!」

フェリクスと男が怒鳴り合う声が耳に響いて、辛い。

セシアがここでリタイアしてもフェリクスがいるので、きちんと証言し他の執行官にもきちんと説明してくれるだろう。

エイミーの命を救うために、セシアの命を使うのならばちょうど勘定が合う。半人前執行官のわりには、よくやったと、あの王子様は褒めてくれるだろうか？

酸欠で霞んできた意識の中、セシアは呑気なことを考える。

願わくば、あの美しい翡翠色の瞳でもう一度見つめて欲しかった。

　そう思いながら、意識を手放しかけた時。

「……あら、決して屈しないんじゃなかったのぉ？」

　艶のある女性の声が響き、セシアを拘束する男の脇にサッと現れた豪奢なドレスを纏った女性が勢いよく男の腕を長めのナイフで切りつけた。

「ぐぁっ!?」

　痛みに思わず男が腕の拘束を緩めると、飛び込んできた女性――マリアが返す刀で更に男の首筋を狙う。

　その殺意の滲む正確な切り込みに、距離を取らねば殺されると察した男はセシアを放って後ろに逃げた。

　するとマリアは危なげなくセシアの体をキャッチして、同時に魔法で風を起こして男の両脚を射貫く。

「ぎゃあっ!!」

　潰れたような悲鳴を上げて男が芝生に転がる。けれどもうマリアはそちらを見ていなかった。

「フェリクス、男を拘束!!」

「は、はい!?」

そう指示されて、マリアが何者なのか分からないながらもフェリクスは常に携帯している拘束用の道具で脚を切り裂かれた男を捕縛する。

その間にマリアはセシアの体を芝の上に恭しく降ろした。

「…………まり、あ？」

「今度から、訓練はコルセットとクリノリン付けてやらなきゃね」

にっこりと微笑んだマリアだったが、僅かに息が上がっている。そんなマリアの姿は初めて見たので、セシアは驚いた。

「……急いで来てくれたの？」

「白馬に乗ってきたほうがよかった？」

息を弾ませつつそんなことを言う親友に、セシアはホッとして微笑む。

「……それも、今なら結構素敵かもね」

憎まれ口を叩いたものの、限界だったセシアはそこで意識を失った。


マリアは一瞬険しい顔をしたが、セシアが気絶しただけなのを確認して表情を戻す。

その一見すると華奢な貴婦人の背に、フェリクスの戸惑った声がかかった。

「あの……あっちは拘束したけど、あんたは」

「……説明は後で必ずするわ。麻薬課と警邏隊が既にこの屋敷の敷地内にいる招待客達を一時拘束するために動いているから、そちらに参加してくれる？」

「……はい」

ハスキーだが、紛れもなく女性の声。だが、まるで騎士の上役のように厳しい声音で言われて、フェリクスは居住まいを正した。

「セシアは」

フェリクスの迷うような声から、真剣に彼女のことを案じていることが分かって、マリアは微笑んだ。

「大丈夫、私が責任を持って見てるわ」

「……分かりました。大事な相棒なので、よろしく頼みます」

さっと一礼して、フェリクスは騒がしくなり始めている屋敷のホールのほうに向かって駆けていく。

「……マリア様」

フェリクスが離れてようやく、それまで気配を消していたマリアの、否、マーカスの護衛達が声をかけてきた。

「そちらの令嬢をお願い。セシアは私が運ぶわ」

「はっ」

マーカスの護衛達はなんの疑問も挟むことなく、この騒ぎで気絶してしまったエイミーを抱えて運んでいく。マリアは一瞬考えてそれから変装の魔法を解くと、本来のマーカスの姿に戻ってセシアを抱き上げた。

「……本当に、肝が冷えた」

彼は誰もいなくなった庭で小さく呟き、セシアを大切そうに抱えてその場を去った。


翌日。

救護室で手厚い看護を受けて一晩ぐっすり眠り、翌朝しっかり朝食まで食べたセシアは、文官の制服に着替えて経理監査部二課の課長室で深々を頭を下げていた。

「申し訳ありませんでした!!」

セシアの隣にはフェリクスがいて、彼はちょっと困ったように、椅子に座るマーカスとその横に立つレイン、それから頭を下げたセシアを交互に見ている。

「それはなんに対する謝罪だ、セシア」

レインに難しい顔で言われて、ひとまず顔を上げたセシアは口を開いた。

「……あの場では引いておいて、外と連絡をつけて麻薬課に来てもらうのが最適解だったと思います。……なのに私は、奥の部屋に踏み込みました」

彼女が言うと、レインは頷く。

「そうだな。そのせいで、麻薬を売り捌いていた元締めの男は捕縛出来たが、流通ルートを握る者には逃げられてしまった」

「……本当に、申し訳ありません」

元締めの男、というのは最後にセシアの首を絞めてきたあの男だ。

彼は元々没落した下級貴族の出で、今は下街のゴロツキだった。それがどういった経緯でか麻薬売買の元締めになり、あの夜会を主催した男爵と共に夜な夜な麻薬を売り捌いていたのだ。

麻薬の流通ルートはその男爵が握っていて、今回逃亡してしまったのはそちらのほうだ。

調べてみると思った通り、国への金銭的な貢献を認められて爵位を賜った新興の貴族であり、捜査の手が伸びる頃にはさっさとエメロードを出ていってしまっていた。

「……それって、あの件にすごく似てますね」

セシアが顔を顰めて言うと、マーカスは頷く。

半年前の、女性を誘拐して他国に売り飛ばしていた組織。あの黒幕もすんでのところで捜査の手を躱(かわ)し、国を出て逃亡に成功していた。

当然捜査は続けているものの、出国されてしまっては行方を捜すのは難しい。

「だが今回は、麻薬組織を一網打尽に出来た。お前の浅慮のおかげだ」

「殿下、褒めては浅慮が治りません」

マーカスの言葉に、レインが眉を寄せる。

実際のところ急成長していた件の麻薬密売組織は、セシアが考えなしに踏み込んだのであちらも無警戒だったため、検挙と相成ったのだ。

流通ルートを握る男爵がすぐに国外に逃亡できたということは、少なからずこちらの動きが漏れていたということだ。先の誘拐組織の時のように一旦引いていたら、改めて麻薬課の捜査が入る頃には組織の全員が逃げてしまっていただろう。

セシアが踏み込んだおかげで結果的に向こうの意表を衝けた、とも言えた。だが当然、結果論ではある。

「……いや、それ、たまたまですから」

セシアはさすがに居心地が悪くて、頬を引き攣らせる。レインは当然とばかりに頷いた。

「殿下」

「うん。でもアクトン侯爵令嬢を救出した功績も大きいだろ？」

ニヤニヤと笑ってマーカスが言うと、レインはぐっ、と詰まる。

エイミーはやはり、はじめは友人達と赴いた夜会で興味本位で麻薬を摂取してしまったらしい。

体質が合い中毒者となってしまった彼女は組織に拘束され、それを理由にアクトン侯爵は脅されて組織のパトロンとして出資させられていたのだ。

事件が明るみに出たことにより、当然エイミーや侯爵家にも捜査の手が伸びることにはなったが、侯爵自身は娘が戻ってきたこととこれ以上犯罪組織に加担しなくて済んだことにホッとしている様子ではあった、と麻薬課の聴取を偵察してきたキースがこっそりと教えてくれた。

「エイミー様、中毒から立ち直ってくれるといいんですけど……」

セシアが心配になって呟くと、レインも頷く。

「その点は、専門の病院に任せるしかないな。ただお前達が踏み込んだ時に、男達に無理矢理麻薬を摂取させられている姿を確認した旨は麻薬課にも伝えておいたので、罪の軽減は期待出来るだろう」

「……よかったです」

フェリクスが声を絞り出す。

大いに迷ったし、もう一度あの場に立ったとしてもなにが正解かは断言出来ないが、少なくともエイミーに関してだけは、あの時のセシアの行動は正しかったのだ。

「俺からも質問していいですか？」

「構わん」

フェリクスの発言に、マーカスは頷く。

「殿下がセシアの伝令を受け取ってからの動きが、ものすごく迅速だったのには驚きました。俺達も昨夜中に麻薬課を動かしてもらうつもりではありましたが、あれではまるで既に配備されていたかのような速さで……」

「待機させていたからな」

あっさりとマーカスに言われて、フェリクスもセシアも目を丸くした。

昨夜、別の夜会に参加していたマーカスはセシアからの伝令を受けて、すぐさま男爵家へと向かった。

その道すがらレイン達他の課員に連絡しつつ、常にマーカスを護衛している面々を使って街を巡回している警邏隊に通報、更には予め待機させていた麻薬課にも屋敷へと向かうように連絡していたのだと言う。

その経緯の中でマリアはマーカスの子飼いの部下であると説明される。

「あの短時間でよくそこまで出来ましたね」

セシアが素直に感心して言うと、マーカスはフフンと得意気に悪童らしく笑った。

「知らなかったのか？　俺はとても優秀なんだ」

「ぐ……知って、ました、けど……」

自分達は泣く泣くあの場を離れる選択しか出来なかったのに、マーカスのほうは一人でそれを覆す采配をしたことにセシアは悔しくなる。

そんなセシアを見て、マーカスは快活に笑った。

「前にも言っただろう？　戦えて、その場で命令が出来て、責任が取れる立場。俺はあの場で一番手札の多い駒だったんだよ」

自らを駒と称する上司に、レインは顔を顰めたがなにも言わない。

経理監査部二課の持つ権限では、警備部麻薬課に待機命令は出せない。そこで王子としての権威を使ったと言いたいのだろう。

しかし、それも当然マーカスがこの事態を想定していたからこその結果だ。

「……昨夜、どこかで麻薬組織が摘発出来るって予測出来ていたんですか？」

フェリクスが訊ねると、マーカスは首を横に振った。

「そんな予感あるわけないだろう。麻薬課には、『今うちの課員が調査しているから、常時ある程度の人数を待機させておいて欲しい』と要請……独断に基づく我儘な命令をしていただけだ」

ということは、セシア達が夜会への潜入を始めてからのこの数日の間、麻薬課には無駄に待機命令が出ていたことになる。

「このまま空振りが続けば、俺の采配が間違っていたという問題にはなっていただろうが、それで落ちるのは俺の評判ぐらいだからな」

王子である以上、命令権を失うことはない。麻薬課の第二王子に対しての心証が悪くなるだけだ。

だけ、と言ってしまっていいものではなく、セシアは眉を寄せた。

「殿下」

「無駄になった場合は、きちんと麻薬課に謝罪するつもりだった。だが、間違うのが怖いからといって必要な備えをしないほうが、後で後悔する羽目になるかもしれないだろ？」

そう言われてしまうと、否定出来ない。

実際、今回麻薬課が待機してくれていたおかげで速やかに検挙出来たのだ。何度も言うが結果だけ見れば待機は無駄ではなかったし、麻薬課は大きな犯罪組織を一網打尽に出来て大手柄だ。

王族は間違えてはいけない、とかつて彼の妹王女は言っていた。

だが間違えてしまった時はきちんと謝罪すべきだとも、言っていた。相変わらず、この兄妹は似なくていいところばかり似ている。

「……それでも、殿下には殿下自身をもっと大事にして欲しいです」

マーカスの手段は、失敗した時の損失をいつもマーカスが被るように采配されていた。

彼はいつも出来得る限り最大限の力で、国民も部下も守る。なのに、その中にマーカス自身は入っていないのだ。

まただ、とセシアは悔しい気持ちになる。

この半年間精一杯訓練を重ねてきて出来ることは増えたが、まだまだマーカスを守れるほどには達していない。

黙ってしまったセシアを見て、マーカスは苦笑を浮かべた。

「なにも俺は自分を捨て駒にしてるわけじゃないぞ？」

「……でも」

子供のように唇を尖らせる彼女に、王子は笑う。いつも通り、快活に。

「俺がこういう手段を取れるのは、うちの課員が皆優秀で、結果を出してくれるって信頼しているからだ。言っただろう？　一人で抱え込んでるわけじゃない、と」

それは以前、今回と同じようにマーカスが一人でなにもかも背負っているとセシアが感じた時に言われた言葉だ。

「今はお前達もいるしな。期待している、新人諸君」

にかりと笑うマーカスは今回のフェリクスの失態もセシアの浅慮も把握していてなお、そう言ってくれる。この人の期待に応えたい、と二人は胸を熱くした。

「……精進を重ねます」

「私も、もっと頑張ります」

フェリクスとセシアがそう言うと、マーカスは満足そうに微笑んだ後、ニヤリと笑顔の種類を変える。

「では、そんな二人に課題だ。フェリクスは魔法をもっと精密に放てるように訓練しろ、体ばかり鍛えてないでセシアと同じ精度で魔法が使うことが出来れば、今回の件でももっと取れる選択肢は多かったはずだ」

「う……は、はい！」

元騎士のフェリクスは貴族だけあって魔力を持ってはいるが、魔法はほとんど使えない。

これまではセシアが魔法担当、フェリクスが格闘担当として行動してきたが、確かに昨夜のマリアのように近接格闘も魔法も自在に操ることが出来たとしたら、事態は全く様相を変えていたはずだ。

「で、セシアはドレスでの格闘だな。正直まだ戦闘をお前一人に任せるのは心許ないが、案件は待っちゃくれないからな」

「はい……！」

セシアも拳を握る。

「いいか、二人とも。先に言っておくが、課題をクリアしたからと言って、それは浅慮をしていいということではない。課題をクリアすることは、選択肢を増やすことだとよく肝に銘じておくんだ」

レインの言葉に、二人は神妙な顔で頷いた。

マーカスは頬杖をついて呆れて、横に立つ彼を見上げる。

「真面目だね、お前は」

「殿下は少し新人に甘すぎます」

「褒めるところは褒めて伸ばすのが、俺の方針なもんでな」

音が出そうなほど完璧なウインクをマーカスがすると、レインは困ったように首を横に振った。

レインのほうこそマーカスに甘すぎるのでは、と部屋の隅にずっと待機していた執事のクリスはそう考えている。そこで黙ってしまうから、あの方は考えをちっとも改めてはくださらないのだ。

「さて、これにて今回の件はしまいだ。皆、よく頑張ってくれた。今回の反省は大いに活かし、今後も励んでくれ」

最後は王子らしくマーカスがそう言うと、セシアとフェリクスは顔を見合わせてから、尊敬する上司に向き合って声を合わせた。

「はい！」

後日。

「セシア」

フェリクスに廊下にちょいちょいと呼び出されて、セシアは怪訝な顔をしつつノコノコ近づいた。

「なに？」

「あのな……」

言いにくそうなフェリクスの様子に、以前「生意気だ！」と指を突きつけられたことを思い出したセシアは、心の中でファイティングポーズを取る。

既に蟠りはなくなってはいるが、新たな火種がないとも限らない。

「あの、麻薬組織の男からお前を助けた美女のことなんだが……」

ん？

「びじょ」

「そう、あの赤毛に翡翠の瞳の、嫋やかな美女。彼女と親しげだったけど、お前知り合いなのか？」

フェリクスがやや頬を赤くしてそう言う。

今彼が挙げた特徴にばっちり当てはまる人物が近くにいるのだが、性別の違いは分厚い目くらましになっているらしい。

ちなみにマーカスとマリアは顔立ちも兄妹程度には似ているのだが、マリアとメイヴィスが似ているとはセシアもあまり感じないので、そこも目くらましの一助を担っているかもしれない。

今回に限って言えば、フェリクスがマリアの顔を明るい場所で見ていない、ということも一因だろう。

それにしても。

「びじょ……………」

セシアは久しぶりの衝撃から、まだ回復出来ずにいた。彼女にとっていつまでもマーカスとマリアが別人なのは、これも関係している。

恋した男が性別・女の親友だと認めるのには多大な勇気がいるのだ。しかも変装にノリノリの美女。なんなら美容に関しては明らかにセシアよりも上級者だ。その必要があるのかどうかは、怖くてまだ聞けずにいる。

クリスには、マーカスの女装は趣味でやっているわけではない、はず、とフォローしてはいるものの、ノリノリの部分は趣味にしか見えない。ちょっと怖い。知られたら、全エメロード国民が泣く。セシアも泣きたいぐらいだ。

普段のマーカスは、悪童めいたところはあるものの非の打ちどころのない上司であり、完璧な王子様でもあるので、余計にセシアの中でマーカスとマリアは別人として考えるのが常となっていた。

「……びじょ」

「なんだよ、その態度」

フェリクスが不思議そうに首を傾げる。

「……友達、だけど……」

「そっか！　今度紹介してくれないか？　あの時は自己紹介も出来なかったんだ、向こうは俺の名前を知ってたみたいだけど……殿下の部下なんだって？」

「…………殿下から紹介されてないんだったら、私からはナントモ……」

背中に流れる汗がひどい。

セシアはカチコチに固まった表情と滑りの悪い口でなんとか返事をした。彼女の返事に、フェリクスは残念そうに眉を下げる。本当に、よくも悪くも素直な男だ。

「そうなのか……確かに、彼女を今まで見かけたことはなかったし、普段は隠密業務とか別の部署にいるのかもしれないな……」

今朝の朝礼であなたの前にいました、とも言えず、セシアは神妙な顔をしてYESともNOとも言わないことにした。これはマーカスが説明すべきことであって、セシアが言うべきことではないだろう。たぶん。きっと。

「もっと腕を磨いて、殿下に認められるぐらいの力を付けたら紹介してもらえるだろうか……広い意味では同僚なわけだし」

「そ、そうね」

狭い範囲でも同僚だ。なんなら直属の上司だ。

フェリクスがなぜマリアを紹介して欲しがっているのかは、セシアは追及しないことにした。後で真相を知った時に少しでもフェリクスの傷を浅くするためだ。言わなければ、ないのも同じ。大丈夫だ、セシアはなにも勘づいてなどいない。いないったらいない。

「お互い、これからも頑張ろうな!」

「ソウネ……」

なんにも気付いていないフリをして、微笑む以外にセシアになにが出来たというのだろう。

あの悪童！　ちゃんと部下に説明ぐらいしておけ！　と彼女はせめて内心でマーカスを罵った。


同日夕方。

珍しく午後にメイヴィスの下での訓練が入っていたセシアは、侍女に扮して王女の後ろでひたすら控えていた。

ドレスは地味だが、王女付きの侍女に扮しているため仕立てはよく、化粧や髪結いも専用のメイドに仕上げてもらっている。あちこち動きが制限されるが、この姿で他の侍女は優雅に王女の世話を焼いているのだ、とセシアは彼女達を改めて尊敬した。

特に侍女長のアニタは誰よりもきびきびと動くし見落としはなく、しかもとても優雅だ。メイヴィスより十歳ほど年上だが、きっと名家の出なのだろう。だとするとそろそろ結婚などしてもおかしくないが、プライベートなことを聞くのは失礼だろうか、とセシアは考えて聞けずじまいだ。

「本日の予定は以上です、殿下」

そのアニタがスケジュールの書かれた書類を確認して、商人との謁見を終えたばかりのメイヴィスに告げた。

それを聞いて鷹揚に頷いた王女は、ソファに深く座る。彼女は動きのいちいちを意識していないのにとても優雅で、これまた今のセシアには素晴らしいお手本だった。

「そう。ありがとう、アニタ。……さて皆、悪いけどもうひと頑張りお願いね」

メイヴィスがそう言うと、セシアに侍女としての扮装を着つけたメイド達が音もなくススッと近づいてくる。

「？　メイ様？　こちらは？」

別のメイドに淹れてもらったお茶のカップを優雅に傾けたメイヴィスは、にっこりとセシアに可愛らしい笑顔を向けた。

この顔はよく知っている。彼女の兄がよく浮かべる、悪童の表情だ。

「だってわたくしが何度言ってもちっとも進展しないんですもの。少しぐらいお節介を焼いても、神様に叱られたりはしないわ」

「え？　メイ様？　全然意味が分かりません」

セシアが目を白黒させていると、衝立(ついたて)が用意されてメイド達にそちらに連れ込まれる。

実はセシアが麻薬組織の調査のために夜会に潜入する際には、メイヴィスのメイド達がこうして彼女を令嬢の姿に仕立て上げてくれていたのだ。

出来るだけ低予算で、という要望に応えてお古のドレスを仕立て直してくれたり、イミテーションの宝飾品をどこかから調達してくれたりと、執行官顔負けの素晴らしい手腕を持つメイド達である。

「あなたのお仕事に協力したんだから、わたくしのお遊びにも少し付き合ってくれるわよね？」

「あ、それ本音ですね……」

衝立の向こうで、セシアは諦めの声を出す。

メイヴィスの今日の仕事が終わったということは、セシアの訓練も終わりだ。確かに彼女達にはとても世話になったので、セシアでその恩を返せることがあるのならば返したい。

大人しくメイド達に侍女のドレスを剝ぎ取られ、別のドレスを着つけられて化粧や髪型を変えられていく。

「……着せ替え人形、ですか？」

衝立からゆっくりと出てきたセシアは、今までの変装とは雰囲気が違うドレスに首を傾げながらメイヴィスに訊ねた。

深いボルドーのドレスは大人っぽく、スカートの膨らみは控えめで、その代わりに流れるようなドレープが美しい。ネックレスは真珠で、中央には見事なカボションカットの翡翠が鎮座している。

潜入調査で着るドレスはいつダメにしてしまうか分からなかったので出来るだけお古で、とお願いしていたが、今セシアが着ているドレスは新品かつ彼女のサイズにぴったりのオーダーメイドらしき品、おまけに肌触りからして高級なのが明らかだった。

「うん。いいわね、やっぱりあなたの黒髪には赤が映えるわ」

メイヴィスは上機嫌で頷く。

「あの……この色、なんかすっごくどなたかを連想させるのですが……」

赤に、翡翠。

先日マーカスに恋をしていることを自覚したばかりのセシアには、この色は刺激的すぎる。

「わたくしの色ね。光栄でしょう？」

自信満々に言いきられて、セシアは言いかけた言葉を引っ込めた。

「え？　た、確かに……？」

「侍女が主の色を身に着けるのはよくあることよ。そうだ！　今度のレナルドお兄様の御子が生まれたお祝いの会にはあなたも連れていってあげるから、これを着ていってはどうかしら？」

弾んだ声で言われて、セシアはメイヴィスの翡翠色の瞳を凝視する。

彼女の兄は二人。一人は例の悪童であり、もう一人は王太子殿下だ。そして、王太子殿下の名は、レナルドという。

その、御子。

「……次の次の国王の生誕祝いの会になんて、恐れ多すぎて行けません!!」

セシアは真っ青になって叫んだが、メイヴィスは可愛らしく唇を尖らせる。

「どうして？　ロニーったらとても可愛いのよ」

「御子様が可愛いのと、私がそんなエライ人しか出席しないような会に出ることを一緒くたにしないでください！」

つい最近生まれた御子の名は王太子である父親に似た響きでロナルドといい、さっそく叔母であるメイヴィスはロニーと愛称で呼んでいるらしい。

それ自体はとても微笑ましいことだ。

だが、マーカスとメイヴィスとは比較的親しく話せるようになったものの、セシアは相変わらずド平民のド新人文官のままだ。

そんな高貴な人々の集まる会に自分が出席することを、考えただけで喉が渇いてくる。

「そう……？　たくさんの人にお祝いしてもらったほうがロニーも幸せだと思うんだけど」

「いや、お祝いする気持ちは山ほどあるので、自分の部屋で存分にお祝いしておきますから」

「なんなのそれ」

むぅ、とメイヴィスは頬を膨らませた。

セシアがひたすら待っていると、メイヴィスはじろじろとセシアを見たあと、なんとか頷いてくれた。

「……まぁいいわ、この話はまた今度にしましょう。仕上げよ、アニタ！」

仕上げは侍女長のアニタが手ずからしてくれるようで、鏡台備え付けの椅子に座ったセシアの髪を複雑に編み込んでいく。

「……あああ、アニタさん、これ、サイズぴったりだし、めちゃくちゃ手触りいいし、ひょっとしてオーダーメイド……だったり……します……？」

「殿下のお小遣いから捻出されていますから、費用は気になさらなくて大丈夫ですよ」

アニタは朗らかに言う。ちっとも大丈夫じゃない。

「ああ……メイ様……なぜ貴重なお小遣いをこんなことに……」

王女にとってははした金かもしれないが、庶民のセシアにとっては高額に違いない。

気持ちはありがたいが、やっぱりセシアにとってはドレスよりも美味しいケーキのほうが褒美になる。

「殿下のお心遣いです。どうぞ、気持ちよく受け取られるべきかと」

「……ですよね、いえ、嬉しいんですけど複雑……メイ様って本当に、無邪気な方なんですもの」

セシアが顔を赤くしたり青くしたりしながら言うと、彼女の髪を結っている背後のアニタが笑った。

仕事用の仮面のような微笑ではなく、妹に対する姉のような、しょうがないなぁという砕けた雰囲気のアニタの笑顔は貴重で、セシアはつい鏡越しに彼女の顔を見つめてしまった。

それに気付いたアニタは、すぐにいつもの冷静な表情に戻る。

「……そこが、姫様の美点ですわ」

殿下ではなく姫様と可愛らしく呼んだところも、アニタがメイヴィスのことを大切に思っていることが感じられて、セシアも嬉しくなってきた。

「そうですね、メイ様。可愛いですもんね」

「美点、と私は申し上げました」

「はいはい」

くすくすとセシアが笑うと背後からは少しだけ不貞腐れた気配がして、それがまたセシアの笑顔を招いた。

出来上がったセシアをあらゆる角度から眺め、触り、満足したメイヴィスは、アニタから一通の封書を受け取る。先ほどの王太子の御子の祝い云々（うんぬん）は本当にその時の思い付きであったらしく、ドレスを用意したのは元々の理由があったのだ。

「それは？」

「今回のあなた達の調査に際して、仮面舞踏会などのちょっと変わった会があれば情報が欲しい、とも言っていたでしょう？　これは今夜の仮面舞踏会の招待状」

「……はぁ。え？　また夜会に潜入しろと？」

セシアが焦って聞くと、メイヴィスは「呆れた」と溜息をついた。そのいかにもっぽい仕草が大人ぶった子供そのもので、ついまたセシアは気持ちが和む。

「そんなわけないでしょう？　たまたま招待状が手に入ったから、最後に一度ぐらいちゃんと夜会を楽しんできたらどうかしら、という王女の配慮よ！」

「……えー」

「どうせ調査でずっと気を張っていて、まともに夜会を楽しんでいないのでしょう？　これは仮面舞踏会だし、気楽に楽しんでくるといいわ！」

メイヴィスは、セシアが喜ぶに違いないと思っているのだろう。晴れやかな笑顔を浮かべてそう言い放つ。

微笑んで頷く他に、セシアに選択肢はなかった。


せっかくなので、ダンスをしたり美味しいものを食べたりしてきなさい！　とメイヴィスに送り込まれた仮面舞踏会。

「……居心地悪い」

小さく溜息をついて、セシアはずり下がってきた仮面を元の位置に戻した。

調査でここ最近いくつかの夜会に出席したが、確かに仕事としてなので雰囲気をじっくり味わう暇はなかった。

しかし改めて見てみると、煌びやかな会場の装飾や着飾った参加者、食事や飲み物に至るまでなにもかもにお金がかかっていることが見えてしまって、ただただ自分は場違いだなと恐れ入るばかりだ。

「それにしても、なんでまた仮面舞踏会なんだろう？　私のことなんて知ってる人はいないから別に隠す必要は……」

　自分で言いながら、セシアはああ、と思い至る。

「そっか。貴族でもない私が、普通の夜会にいたら怪しいものね」

　平民のセシアは今まで知らなかったが、貴族間の繋がりというものは幅広く強固で、意外にも下位の貴族ほど他の貴族に詳しかった。

　逆に高位の貴族は、自分よりも下位の貴族にはあまり関心がないようだ。高位になればなるほどその傾向は顕著で、お貴族様めっ！　とセシアは悪態をつきたくなる。

　そんな中、ヒエラルキーの頂点である王族ながら、ほとんどの貴族の名と当主の顔を記憶しているマーカスは、すごいを通り越してバケモノかもしれない。

「……仕事を円滑に進めるため、とか言ってたけど、あれ絶対趣味だ……」

「お嬢さん」

　突然声をかけられて、セシアは飛び上がるぐらい驚いた。

　見れば、金髪の紳士が仮面越しにセシアに微笑みかけていた。

「あ……私になにか……？」

　仮面舞踏会に一人で来ていて、声をかけられて「なにか？」もなにもないのだが、セシアはまず自分に男性に声をかけられるような魅力があるとは思っていない。

潜入していた時はまだしも、完全に〝セシア〟としてプライベートな状態でいる時に男性に声をかけられてそれがいわゆるお誘いだとは思いもつかなかったのだ。

「よろしければ、ダンスを」

しかし、紳士は気にした様子もなく、にこやかな表情のまま手を差し出す。

メイヴィスが楽しんでこい、と言ったのはこういうことも含めてなのだろう。相手はあくまで紳士であり、ひょっとしたら一人でいるセシアを可哀相に思って声をかけてくれたのかもしれない。

フェリクスや、他の参加者と接触するためにダンスを踊ったことはあるが、楽しむために自分の意思で踊ろうと思ったことは一度もない。

一曲ぐらい、自分の意思で踊っておいたほうがメイヴィスへの土産話になるだろうか、と考えて彼の手を見つめる。

が、

「……ごめんなさい」

セシアは小さく告げて、逃げるようにその場を後にした。

ちらりと振り返って確認したが、先ほどの紳士はさして気にした様子もなく、少し肩を竦めて別の女性に声をかけに行っていた。

恨みを買ったわけではなさそうなことを確認して、セシアはホッとする。

仕事としてそこにいる時は平気なのだが、セシアはどうやら過去のいくつかの経験のせいで男性が少し苦手、正確には恐ろしいようだ。

突然力で捻じ伏せられる恐怖は、心にこびりついて離れない。

訓練で大の男でも投げ飛ばすことが出来るようになっても、絶対的な筋力の差などは埋めようもない。

そのせいか、セシアは訓練の中では体術よりも魔法の制御に力を入れがちだった。勿論小柄なセシアには合った戦い方なので彼女の教師達は皆それを推奨してくれたが、マーカスだけは違った。

あくまでセシアに、ドレス姿であっても強くあれるように鍛えろというのだ。

きっと彼はセシアのそういった弱さに気付いていて、だからこそ体術で男を捻じ伏せられるようにしろ、と言っているのだろう。

変装の魔法をかけている状態のマーカス、つまりマリアは筋力なども女性並みだ。それでも、セシアが苦戦した麻薬組織の頭目の男を瞬時に圧倒したことは記憶に新しい。

セシアには魔法を活かす戦い方がある。

けれど、男性と力勝負をしなくてはならない場面になった時に、最初から無理だから、と諦めてしまうわけにはいかない。

負けられない時が、きっと来る。

体格や筋力では敵わなくとも、体術で勝てるように備えておくことが、セシアの課題だった。課題をクリアすることは、選択肢を増やすこと。レインに言われた言葉が彼女に重くのしかかる。

それでも、身近にマリアという立派なお手本がいるのだ。

明日からの訓練も、そこに向けて頑張ろう！　とセシアは気持ちを引きしめた。

考え事をしながら闇雲に歩いていると、セシアはいつの間にか庭に出てきてしまっていた。

綺麗に刈り込まれた木々に囲まれた庭園は、あちこちにオレンジ色のランタンが灯されていて、幻想的で美しい。

ただ今夜は肌寒いからか、せっかく美しい庭だというのに外に出ている者はいないようだ。

それを確認して、ここなら少し落ち着けるとセシアは歩調を緩める。水音がするので噴水でもあるのだろうか、と音のするほうへ気楽な気分で向かった。

すると、

「……セシア？」

瀟洒な噴水の縁に行儀悪く脚を組んで座るマーカスがいて、セシアは目を丸くした。

一分の隙もなく着こなした夜会服と黒い仮面は他の参加者と似た出で立ちだが、その燃えるような赤髪と翡翠の瞳、そしてなによりその悪童めいた表情を浮かべる男をセシアが見間違うはずがないのだ。

「殿下……」

呼んでしまってから、セシアは慌てて口を手で覆う。

どういう経緯であれ、第二王子殿下がこの場にいると他の人に知られることがいい方向に行くとは思えない。

「……あなたが、なぜここに？」

彼女の姿を上から下までサッと見たマーカスは困ったように微笑んだ。

「まぁ、いろいろあって」

実際には彼が溺愛する妹に、なにも聞かずにこの夜会に参加するように懇願されたのだ。厳格な王太子とは違い、気さくさがウリの第二王子はこういった夜会にお忍びで参加することも珍しくはない。

怪しげな麻薬が取引されているわけでも、人身売買がされているわけでもない、健全とは言いがたいかもしれないが若い貴族達がハメを外して少し火遊びを楽しむ程度の、フランクな夜会。

メイヴィスがそこまで言うならばと、どうせ仮面舞踏会だしとろくに変装もせずに気楽な気持ちで来たマーカスだった。

しかしここに来て、彼の妹の意図は明白だ。

赤と翡翠という、自分の色を纏う、セシア。

これほど美しいものを目にして、奮い立たない者はいないだろう。

「あなたもなんですね。私もメイ様に参加しておいで、と言われて……あ、このドレスもメイ様が用意してくださって……！」

本人の前でその色をあからさまに纏った自分が恥ずかしくなってきたのか、セシアがしどろもどろに言う。

「……そうか。綺麗だな、セシア。よく似合ってる」

自然と出た言葉だったが、あまりにも優しい響きだったのでマーカス自身が驚いた。

それを聞いたセシアは顔を赤くする。

「さすが、お世辞がお上手ですね」

「私的な時間にまで、世辞は言わんぞ」

彼女の可愛くない反応が面白くなくてマーカスが片眉を吊り上げて言うと、セシアはあたふたと無意味に自分のあちこちを叩いた。

「……そ、うですか……ックシュンッ！」

セシアのくしゃみに、マーカスはサッと立ち上がると彼女に近づいて、その体に触れることなく保温の魔法をかけた。

「……ありがとうございます」

「ああ」

「マーカス様……ってなんでも出来ますね。出来ないことなんてないんじゃないですか?」

セシアが不思議そうに首を傾げた。

さらりと流れる黒髪が、珍しく露出した彼女の肩を滑って落ちる。露（あらわ）になった肌の白さに、マーカスは眩暈がしそうだった。

「……あるよ」

「あるんですか」

あまりにも意外そうにセシアが言うので、マーカスは内心驚く。

「普通あるだろう、苦手なことの一つや二つ」

強く雄々しい兄や、しなやかで明るい妹達。彼らと同じものを持っていないからこそ、マーカスは様々なことに興味を持ち出来ることを増やし続けてきたが、それでもまだまだ出来ないことがない、などと豪語するには早いことを自覚している。

マーカスの言葉を聞いて、セシアは肩を竦めて笑った。

「だっていつもピンチの時に助けに来てくれるので、私の中ではまさに白馬の王子様、ですよ」

ふふっと笑って言った後、ハッと気付いた顔をして、セシアはまた顔を赤くした。少しだけはにかんだその様子が、まるでいとけない幼子のようで愛らしい。

「……お前にとって、そうなれているのならば、よかった」

そこに、風に乗ってダンスホールから音楽が届く。

マーカスは懐から懐中時計を取り出して時間を確認した。

「どうやらこれがラストダンスの曲のようだ。セシア、今夜は誰かと踊ったか？」

「……いえ」

セシアが気まずそうに視線を外すので、マーカスはそんな彼女を労るように見つめる。その眼差しは、視線を逸らしているセシアには届かない。

「なら、俺と踊るか」

「え？」

「メイに、夜会を楽しんでくるよう言われたんだろう？　一曲も踊らずじまいじゃ、お互いあの子に叱られる」

と言っても、メイヴィスは明らかにセシアとマーカスを踊らせたがって差配したのだろうから、二人が踊った事実があれば他に夜会らしいことをしていなくとも問題ないだろう。

ここまでお膳立てしてもらっておいてなお、メイヴィスを口実にしなければダンス一つ申し込めない自分が情けない。

出来ることを一つずつ増やしていった。そうして、親しみやすく自由に動ける第二王子としての立場を確立した結果、出来ないことが出来てしまった。

真に愛しく思う人に、それを告げる自由を失った。

「そ、そうですね。メイ様に叱られちゃうので……お願いします、マーカス様」

「任せろ」

まだ頬を赤くしつつそれでも勇ましく手を差し出したセシアに、マーカスは表面上はいつも通り微笑んでその小さな手を取った。

あの夜。

麻薬組織の頭目に今にも細い首を折られそうになっているセシアを見て、マーカスは叫びだしそうだった。おまけに彼女はその時、自身を諦めようとしていたのだ。

猛烈に腹が立って、あの時のマーカスはマリアの姿をしていることも忘れて手段を選ばずに相手を制圧してしまった。

マーカスにはいつも自分を大事にしろと言うくせに、セシアはいつまで経っても捨て猫気質が抜けず、彼女のほうこそ自分を大事にしてくれない。

何度もセシアに忠告されているが、マーカスは自分が使える駒だという自覚があるのでここぞという時にしか勝負には出ない。最大限利用価値のある死に方をしたいと思っている。だが、セシアにはそれがない。

セシアは、まだ自分が無価値な存在だと思っているのだ。

こんなにも、マーカスが彼女を愛しく、大切に思っているのに。

もう、マーカスはセシアのよき友人でいることは出来なくなっていた。

彼女が幸せになることを、ただじっと見ていることなんて出来ない。だって、放っておくと、セシアは全然幸せになろうとしないのだから。

この手で、自身の手で誰よりも幸せにしてやりたい。

緩やかな音楽に合わせて、一番ポピュラーで一番簡単なステップを踏む。

今回の潜入調査に合わせて、慌ててセシアが習得した唯一のステップだ。訓練にはマーカスも手を貸したので、何度か練習でパートナーを務めたこともある。

その頃よりも、彼女はずっと自然に踊れるようになっていた。

「……上達したな」

「実際夜会に出て、何人かと踊ると度胸がつくのかもしれません」

「本番に強いタイプか。執行官向きだ」

「……褒めてます、よね？　それ……」

セシアが微妙な表情を浮かべたので、マーカスはからりと笑った。

誰もいない、庭園でのダンス。ランタンの灯りが二人の影を淡く地面に描く。

少し調子が出てきて表情の和らいだセシアが、微笑んでマーカスを見上げる。

視線が合って、彼も翡翠色の瞳を和らげる。

多くの民によりよい生活と安定を提供することが、国を動かす側の者の務めだとマーカスは考えている。一人でも多くの民に幸せになって欲しい、と常に願っている。

けれどただ一人、セシアだけは、自分の手で幸せにしてやりたい。

マーカスは自分でも、優秀な王子である、と自負がある。だがそのせいで決して手に入らないものが出来てしまった。

彼は来年の春に、隣国の姫と結婚する。

セシアのことを、マーカスは愛する権利を持たないのだ。

僅かな風に揺らめく葉擦れの音、遠くから聴こえる緩やかなワルツ。

ランタンの灯りの下、幻想的に美しい庭園。

二人はそこで、音楽が終わるまで二人きりで踊り続けていた。

第四章　前半
ワケあって、恋敵のメイドをしています

「あなた、生意気なのよ」

ぱしゃんっ！


花瓶の水を頭の上からかけられる瞬間、セシアは瞼(まぶた)を閉じた。

理不尽なことに反論せずに暴力を受け入れるだなんて、メイドとは相変わらず大変な仕事だな、と感じる。

「……申し訳ありません」

以前のセシアならば、相手ととことんまで戦っていた。

徹底抗戦。それはセシアが一人で生きるための信条だ。一人で生きていくために学園を卒業して、一人で生きていくために王城に仕官した。

その結果巡り巡って、こうしてまた下げたくもない相手に向かって頭を下げている。

「これに懲りたら、わたくしに逆うだなんて馬鹿な真似はやめることね。お前の命程度、わたくしの一存で簡単に摘み取ることが出来るのよ」

高飛車(たかびしゃ)な声が、セシアの頭上から聞こえる。

周囲で主の不興を買わないように、平身低頭している他のメイド達にも緊張が走った。

セシアは頭を上げないまま、もう一度機械的に同じ言葉を繰り返す。

「申し訳ありません、ジュリエット様」

セシアに水をかけたのは、輝くような金の髪に青い瞳の気の強そうな美女だ。名はジュリエット・ラニ・グウィルト。

グウィルト国の第二王女であり、マーカスの婚約者だ。

ジュリエットが自国から連れてきた侍女達と共に部屋を出ていくと、セシアはようやく顔を上げた。他に部屋にいたはずのエメロード国側の侍女やメイドもおらず、彼女は一人取り残されていた。

浴びせられた花瓶の水は、セシアが一つ溜息をついて指先でなぞると、まるで逆再生のように花瓶へと戻っていく。

かつてセシアは乾燥魔法が苦手だったが、今では簡単に出来るようになっていた。

けれど今使った魔法はまた違う。

少し前の状態に戻す、というもので、術者が元の状態を正確に把握している必要があったり、経過した時間が長いと使用出来なかったりと発動条件がかなり絞られるが、れっきとした高位魔法だ。

セシアの魔法の師の理屈では高位魔法とは膨大な魔力が必要なのではなく、魔法を操る能力に長けている者が発動の瞬間に適切な量の魔力を送ることで最も効率よく発動する、のだそうだ。

その理屈の通り、確かに一般的に魔力量が多いわけではないが調整技術に長けたセシアは、本来ならば使いこなすことが出来ないはずの高位魔法をいくつか操ることが出来た。

これならば花瓶の水を新たに汲みに行く手間が省けるから、という怠惰な理由からこの魔法を選択したのだ。

水が花瓶に戻ったことを確認すると、セシアは散らばった花を拾って適当に生ける。茎が折れてしまったものもあり、彼女はちょっと顔を顰めた。

花にこの魔法は使えないのだ。人にも。


何度も人から「生意気！」と罵られるという不条理で不幸な星の下に生まれたセシアだが、彼女がジュリエット付きのメイドとして働いているのにはワケがある。

現在、エメロード国の王太子であるレナルド殿下に待望の第一子、それも男児が生まれたことで国を上げてのお祝いムードとなっていた。

近年そういった慶事がなかったため、ここぞとばかりに国民はお祭り騒ぎで喜び、近隣諸国からも祝いの品が届き使節がどんどん来訪している。

ひっきりなしに訪れる使者達のもてなしに通常業務が滞りがちになり、一纏めにしたかったエメロード国は公式の祝いの場として、件の御子であるロナルド殿下の生誕半年を機会に、祝祭を催すこととした。

そして現在は、その祝祭を数十日後に控えている。

祝祭の催しを発表したせいで更に膨れ上がった他国からの使節に城内はてんてこ舞い、来賓達に不自由をさせるわけにもいかず、普段は文官として働いているセシアまでメイドとして徴集されるはめになったのだ。

そしてなんの因果かセシアが配属されたのは、マーカスの婚約者であり、グウィルト国王の名代として来訪したかの国の第二王女、ジュリエット殿下の下だった。

外面が分厚くお綺麗なジュリエットは、貴人の前ではたおやかな淑女を演じているが、私室に戻れば傍若無人(ぼうじゃくぶじん)の権化(ごんげ)のような女性で、やれあれが気に入らない、これがおかしい、と文句をつけては侍女やメイドをいたぶっていた。

人気の高いマーカス王子の婚約者がこのような女性であることに、エメロード側から派遣された使用人達はショックを受けていた。勿論セシアもその一人だ。

恋を自覚したところでマーカスが平民のセシアには手の届かない人であることは承知していたが、その彼と結婚するのがここまで性格の捻じ曲がった女だとは、と目の当たりにするたびに怒りが込み上げる。

恐らくその怒りが完全に抑え込めていないのだろう。完全にジュリエットに目をつけられたセシアは、今日も今日とて「生意気なのよ！」と言われて水やゴミなどをぶっ掛けられていた。

フッ、と彼女は笑う。

「身分が高かろうと、やることは皆一緒なのがおかしいわね」

セシアは自慢じゃないがイジメられっ子歴はちょっとしたものなのだ。学園での四年、王城に仕官してからのここ一年。この春十九歳になった彼女の長くもない人生のうち、五年は大なり小なりイジメられてきた。

それだけイジメられるのならば、恐らくセシアのほうにも問題があるのだろうけれど、今のところそれを指摘してくれる人はいない。本当に、そういう星の下に生まれたのかもしれない、などと詮ないことを考える日々である。

さて、人材不足のためのピンチヒッター。これが、彼女がメイドをしている表向きの理由だ。それが高位に当たる隣国の姫君付きなのには当然理由があった。正式なメイドではないセシアが大切な国賓に付いているのは、実は執行官としての仕事なのだ。

数日前、通常業務の際には滅多に現れない経理監査部二課の課長であるマーカス第二王子が、二課の職場である資料室に来て言った。

「お前達には、これから来る国賓を見張ってもらいたい」

突然物騒なことを言い出したので、セシアは目を丸くした。

見れば、フェリクスやロイも驚いた様子だったが、レインとキースは落ち着いていたので彼らには既に話をしていたのだろう。

結論だけを言ったマーカスは案の定、後の説明をレインに任せた。

「皆既に気付いていると思うが、ここ最近の大きな事件の黒幕は、我々の手をギリギリのところで逃れ、国外に逃亡している。これはさすがにタイミングがよすぎだ」

レインが言うと、皆無言で頷く。

そうなのだ。女性を誘拐していた組織も麻薬を売買していた組織も、主だった構成員は捕まっているものの、肝心の首謀者だけはまるでこちらの動きを完全に知っているかのようなギリギリのタイミングで逃げおおせている。

考えたくはないが、それが意味するところは明らかだろう。

「この城内の相当な地位に就いている者、もしくは我々のごく近くに、他国の犯罪組織に通じている者がいる」

レインの低く聞き取りやすい声が、ハッキリと強い言葉を告げる。その言葉の強さに、セシアはそら恐ろしくなった。

彼女は今まで、国のために善行をしてきたつもりはない。まず第一にそれが自分の仕事だったからだし、その仕事がどれほど危険で過酷であろうとこなせていたのは、平民達に皺寄せが行くのを防ぐことに繋がるからだった。

マーカスやレインからの指示を受けて、行動する。他の部署とも連携して〝悪者〟を捕らえる。

明確な敵と戦ってきたつもりだったが、共に行動していた城内の〝味方〟の誰かが嘘をついていて裏切っている、と言われたのだ。

青褪めたセシアを見て、マーカスはほんの少しだけ慰めるように翡翠色の瞳を細める。

ようやく周囲の者のことを信頼出来るようになったセシアにとって、身内に敵が潜んでいると聞くのは辛いことだろう。彼女をこの件から外すことをチラリとも考えなかったと言えば嘘になる。

妹に対して常にそうであるように、本来のマーカスの気性は大切なものを己の庇護下で手厚く守るタイプのものだ。

それが惚れた女ならば、なおのこと。

けれど今現在着々と来賓を迎える準備が進んでいる慌ただしい城内でなにか事件が起こっては、国にとって大きな痛手だ。

彼女を執行官にしたのはマーカス自身。そして今や彼女は二課の重要な戦力の一人。

セシアのことを信じよう、と彼は決めていた。


「質問、いいですか」

ロイが手を上げて発言する。レインが頷くと、彼は少し困ったように眉を寄せた。

「城内に他国の犯罪組織に通じている者がいるのは分かります。タイミングや、手口の類似点から元を辿れば恐らく同一の組織なのだろう、ということも……」

フェリクスやセシアも頷いた。誘拐犯の組織と麻薬売買の組織は、他国の大きな犯罪組織の一部では、という可能性は以前から議題によく上っていた。

「でも、情報を流している者を探すのではなく、国賓の方々を見張れ、という命令は……その……」

いつも明朗な話し方をするロイが、珍しく言い淀んだ。その様子を見て、ちらりとレインがマーカスを確認すると彼は頷く。

「……そうだ。俺は、今回の来賓の中にその組織の者がいて、この機会に城内にいる情報源と接触するだろうと考えている」

マーカスの発言に、またセシアは驚いた。

国賓である他国の重要な地位に就いている者が犯罪組織と繫がっていると言われたのだ。衝撃を受けないほうがおかしい。

「……なぜ来賓の中にいる、とお考えなのです？」

フェリクスが我慢出来ずに、口を挟む。けれどロイも同じ意見だったのか、ここは彼に譲った。

「明確に、我が国の国力を衰えさせようとしているからだ」

マーカスの声はいつも落ち着いていて、鋭い。

この一年の間で聞き慣れてきたと思っていたが、今はヒヤリとするような冷たい響きを帯びていた。

レインがマーカスに目配せをして、説明を引き継ぐ。

「お前達も調査に参加したいくつかの件で察するところがあるだろう。王都を中心に犯罪が起きている点や、麻薬を国全体ではなく貴族を中心に広めていた点、他にもいくつか気になる点はある」

　そう言われてみれば、これまでセシアが執行官として関わってきた件の犯罪組織は、王都を中心に活動していた。

　エメロード国は国土の至るところに港があり、商業的に栄えている街は王都の他にもある。しかし特に麻薬の売買などは王都の貴族がターゲットになっていた。商売が目的だとしたら別の街のほうがもっと警戒が緩く、手広く稼げていたにもかかわらず。

「慶事に祝いに来ているからといって、どの国とも良好な関係でなんの軋轢（あつれき）もない、というわけではないし、我が国の繁栄を内心よく思っていない国もあるだろう」

　確かにエメロードは、地形の利を活かしての交易で潤っている面がある。エメロードの国力が衰えることで、結果得をする近隣の国は少なからず存在した。

「しかし最近、我々の調査の甲斐もあって次々と他国絡みの犯罪組織は摘発に遭っているからな。情報源との関係強化を目論（もくろ）み、この慶事を利用して内通者に接触しにくる可能性は大いにある」

　レインはそう締めくくった。

「それでなくとも国賓が大勢来ているため、警備部は厳戒態勢を敷いている。そちらは彼らに任せて、俺達は俺達に出来ることをする」

出来ること？　とセシアが変な顔をすると、それを受けてマーカスはニヤリと笑った。嫌な予感がする。

「諸君お得意の、潜入調査だ」

別に得意なわけではない。権限を持たないから、敵にも味方にも内緒で調査するしかないだけだ。

そんなわけで冒頭に戻り、セシアはメイドとしてジュリエットの下で働いていた。

しかし気になるのは、あらかじめマーカスとレイン、キースが話し合って決めたという潜入先だ。執行官の人数が少ないため、特に怪しい人物のところに一人ずつ派遣されているのだが、セシアが潜入しているのはマーカスの婚約者のジュリエット。

つまり、マーカスはジュリエットのことを疑っている、ということなのだろうか。

それにしても、彼女は見事な性悪ぶりで恐れ入る。

国の要人や他国の来賓などが同席している時に完璧な猫を被っている姿は、普段と違いすぎて後ろで見ていて鳥肌が立つほどだ。

彼女がたとえ犯罪組織と無関係であろうと、結婚相手がマーカスではなかったとしても、自国の王族になる、というのはゾッとするような未来だった。

　加えて、使用人達に対してその性悪さを隠すつもりが全くないことも恐ろしい。勿論使用人達はジュリエットに意見出来るような立場ではないし、彼女に注意出来るような地位にいる者と話す権限もない。直接ジュリエットの非道ぶりを上に報告する術はないが、使用人同士では口止め無用。噂が回るのは速かった。

　それが巡り巡って地位の高い者の耳に届き、自分の猫被りが露見する可能性は考えないのだろうか？

「マーカス殿下は気付いていないのかしら」

　ぽつりと言ってみるが、口に出すとまるで嫉妬しているかのようで情けなくて、セシアは思わず顔を顰めた。

　どれほど嫌味な女であろうと、マーカスと結婚する地位と権利を持っているのはジュリエットなのだ。

　いつだったかセシアは、彼を殴る資格のある立場になりたい、と言った。

　その頃はまだ自覚がなかったが、今考えればマーカスと対等の立場になりたいと言っているようなもので、随分と意味ありげなことを言ってしまった、と恥ずかしい。

　彼に恋をした、と自覚してからセシアはどんどん弱くなっていくようだ。

　かつて、彼女には守るべきものは自分しかなかった。今だってそのはずなのに、どうしてか弱くなったと感じるのだ。

セシアは顔を顰めたまま、ジュリエットに宛がわれた部屋の掃除を続ける。

ジュリエットが癇癪を起こしたので、花瓶だけではなくクッションや調度品があちこちに落ちているのだ。出来れば永遠に掃除でもしていたい気分だが、セシアに課せられた使命はジュリエットを見張ること。

早々にここを片付けて、また疎(うと)まれつつも彼女のそばに行かなければならない。

やがて残念ながら掃除は終わってしまい、セシアは未練がましくまだ散らかっている場所はないだろうか、と視線を巡らせた。

その時、廊下側の扉が開き、一人の侍女が入ってきたのが見える。

彼女は、セシアが〝セリーヌ〟として学園に通っていた頃の同級生、ロザリー・ヒルトン伯爵令嬢だった。彼女も臨時でジュリエットの侍女として派遣されている一人なのだ。

元は第一王女の侍女をしていたらしく、エメロード側としては使用人の中ではかなり高位で優秀な人材を派遣した、ということなのだが、まるでエメロード側の待遇のなにもかもが気に入らない、とでも言うようにジュリエットは特に失敗をしているわけでもないロザリーにさえきつく当たっていた。

ロザリーのほうもセシアに気付き、気まずそうに視線を逸らす。

彼女はきっと、〝セリーヌ〟がセシアだったのではないか、と疑っている。本物のセリーヌに会ったのは一瞬のはずなのにその間になにかあったのか、初めて王城で会って以降今に至るまでセシアと会うたびになにか言いたそうにしているのだ。

しかし、セシアは真相をロザリーに教えるつもりはない。セシアがセリーヌとして学園に通っていたことが知れ渡れば、その後二度目の学園に通う際に後見人を務めてくれたマーカスにまで火の粉が飛びかねないからだ。

ディアーヌ子爵家はあの一件以降、領地に引き籠ってしまっている。

王都の社交界では既に三年も前のことなので、セリーヌの醜聞（しゅうぶん）や醜態がわざわざ取りざたされることはないが、彼女自身が王都に現れたとなればまた話も違うのだろう。

プライドの高いセリーヌはそれを嫌がり、地方に住む貴族と結婚してそちらでまた居丈高（いたけだか）に振る舞っていると風の噂で聞いた。

ロザリーはテーブルの上に置いてある、ジュリエットが読みかけていた本を見つけてそれを手に取る。

本を取ってくるように言われたのだろうけれど、明らかな雑用であり伯爵令嬢であるロザリーに頼むようなことではない、とセシアは感じた。

セシアとロザリーは同い年だから、彼女も今年は十九歳になるはず。貴族令嬢としては少し婚期を逃してしまっている、と言ってもいいだろう。しかし、ロザリーの生家である伯爵家や彼女自身の器量などを鑑みるに、結婚相手に困る、というようなことはないはずなので、きっとロザリー自身が望んで第一王女に仕え続けているのだ。

そんな彼女に雑用を言いつけるなんて、ジュリエットは本当にいい性格をしている。

またチラリとセシアのほうを見たロザリーだったが、結局なにも言わないまま部屋を出ていった。

セシアもジュリエットを見張るために向かいたいのだが、今部屋を出ればまるでロザリーを尾行しているかのような動きになってしまうため、一呼吸置くことにする。

数年前まではセシア個人のことを認識している人はほとんどおらず、ディアーヌ家の屋敷にいてさえ下っ端メイドの一人、ぐらいの認識だったはずだ。

それが今や隣国の王女サマに目をつけられたり、伯爵令嬢に意識されたりしているなんて、いいのか悪いのか分からないけれど、随分環境が変わったものだ。

マリアと、そしてマーカスと出会って、セシアの世界は開け今なお広がり続けている。

数十秒心の中で数えながら待って、ロザリーがある程度進んだであろうことを予想してセシアはそっと部屋を出た。

廊下をきょろきょろと見回し、ロザリーの姿がないことを確認して歩き出す。ジュリエットはサロンに行ったはずなので、ロザリーもそちらに向かったはずだ。

少しジュリエットから離れた時間が長くなったので、早く合流してしまいたい。

マーカスやレインからは、ジュリエットの下でメイドとして仕え見張るよう指令を受けているが、王女本人が怪しいというよりは一緒にグウィルトから帯同してきた他の侍女や護衛などを疑うべきなのだろうか？

グウィルト国王の名代はジュリエットだが、当然使節団として外交官の貴族男性が一緒に来ている。だが、彼にはマークがついていない。

他の執行官がマークしているのはグウィルト以外の国の外交官だったり、名代の高位貴族だったりするので、ジュリエットは可能性が低いけれど女性のセシアならばマーク出来るので一応見張っているだけ、という可能性もある。

そして更に当然、件の組織の首謀者ないしそれに近い者が城内の内通者に会いに来る、という予想が外れる可能性もあった。

しかしセシアは今のところマーカスのそういった予想が外れたのを見たことがない。好機を見逃さない嫌らしい性格に加え、マーカスは犯罪者の心理トレースがとても得意だ。

けれど慶事で国賓が多いため警備も厳重な中、内通者に接触するのは危険、ということもまた事実だ。こういう杞憂の積み重ねが国を守ることに繋がる。

「……勿論、なにも起こらないのが一番だけど」

ぽつり、とセシアの零した言葉は、誰にも聞かれることなく廊下に溶けた。

昼下がりの廊下には人気がなく、鳥の囀りが遠くに聞こえる程度で静かなものだ。見た目は静々としかし最大限急ぎながらセシアが歩いていると、ふと廊下の向こうから顔見知りの女性が歩いてくるのが見えた。

「アニタさん」

声をかけると、前から歩いてきていたメイヴィスの侍女長・アニタが目を丸くした。

「セシア？　あなた、なにしているの、そんな格好で……」

「……人手不足なので、メイドとして派遣されています」

セシアがメイド服のスカートを摘んで仏頂面をすると、アニタは上品に笑う。

「メイヴィス殿下のところからも、二名ほどお貸ししたわ。今はどこも大忙しとはいえ、文官のあなたまで駆り出されているなんて、大変ね」

「まったくです……侍女としては心配だからとメイド扱いでの派遣なんですけど、もう雑用が本当に多くて……」

疲れきった様子で項垂れるセシアを見て、アニタは心配そうに眉を寄せる。

「ではしばらくはメイヴィス殿下のところに侍女教育には来られないわね……殿下もきっと寂しがられるわ」

着せ替え人形にされたり、お忍びで城下に降りたがったりとお転婆で我儘なメイヴィスだが、ジュリエットと比べれば天使のように可愛らしい。彼女を恋しく思って、セシアも悲しげに頷いた。

「殿下によろしくお伝えください……」

「ふふ、分かったわ。本当に大変そうね、セシアは今どなたにお仕えしているの？」

「……グウィルトのジュリエット殿下です……」

小声でセシアが言うと、アニタは納得した様子で頷く。

「あの姫様なら、さぞかし大変でしょうねぇ……同情するわ、セシア」

ワケ知り顔で労られて、違和感にセシアはおや？　と思う。

やはり、ジュリエットの癇癪は城に仕える者の間では有名になりつつあるのだろうか。それとも、アニタが情報通だからだろうか。

メイヴィスがいつだったか、アニタの母親は外国の女性でエメロード以外の国の言葉も堪能であり、そのおかげもあって情報収集に長けていると自慢していたのを思い出す。

メイヴィスの情報源は自慢の侍女長・アニタなのだ。

そんな第二王女の侍女長である彼女ならば、ジュリエットに物申せるような地位の高い人に告げ口してもらうことも可能だろうか？

しかし外国の王女に物申せる立場の人なんて、セシアには想像出来ない。偉い人になればなるほど国家間の問題になりかねない、とかなんとか言われて下っ端が我慢する羽目になりそうだ。

アニタにお願いしようかと思ったことを、セシアはすぐに心の中で打ち消す。

「セシア？」

「あ、いえ。呼び止めちゃってごめんなさい、アニタさん。また叱られちゃうから、私行きます」

「ええ、頑張ってね！」

励ますように言われてセシアは、メイヴィスのところで侍女教育を受け始めた最初にアニタから直々に教わった綺麗な使用人としての礼を完璧にしてみせた。

「上出来よ」

「ありがとうございます！」

二人はふふふ、と微笑み合った。


数日後、王城の隅の訓練場。

そこにカンッ！　と固いものがぶつかる音が響く。

退役騎士であるロバート卿に、セシアは棒術を習っているところだ。

この一年に渡る訓練の結果、体術は及第点をマーカスに貰えたので、セシアの訓練は武器を使う戦闘へと移行していた。

セシアは女性として標準的な体型なので、ナイフもしくはその場で調達出来る可能性の高そうな棒術が得物(えもの)としては向いていそうだという話になり、今日はひたすらその訓練を、メイド服を着たまま行っていた。

動きやすい訓練服は、麻薬組織摘発の件から着るのをやめた。コルセットを締めたドレス姿での身のこなしも完璧にしておきたいので、わざと負荷をかけて訓練に臨んでいる。

最初は驚いていたロバートだったが、確かに騎士の実地訓練も重い鎧を着て行うことだし、セシアの職務内容ではドレスを着たまま戦闘に突入する可能性が高いと判断してからは、積極的に彼女が陥りそうな不利な状況を模索してくれるようになっていた。

カンッ、カンッ、と棒同士がぶつかり合う音が速くなり、ロバートが打ち合いのピッチを上げていく。セシアはそれについていくだけで必死だ。

摑む棒を叩き落とされないように応戦していると、意識が疎かになっていた足元を掬われてあっけなく転倒する。

「あっ!!」

「……今日はここまでにしよう」

ロバートが、セシアの手から転がり落ちた棒を拾い上げて柔らかく笑う。

彼は怪我が原因で退役したものの今でも訓練を欠かしていないため、がっしりとした体つきを維持している。年の頃は、セシアの父親世代。

マーカスが幼い頃は彼が剣を教えていたというので、セシアからすれば師匠の師匠だ。

「っ、まだ出来ます」

セシアがすぐに立ち上がって言うと、彼は首を横に振った。

「午後の業務に差し障りが出るほどは、しないほうがいい」

「……はい」

息を乱したままのセシアは、項垂れる。

ロバートの言う通りだ。訓練で全力を出しきってしまって、昼からの業務に支障が出ては本末転倒というもの。

「……顔を洗ってきます」

「ああ」

ロバートに返事を貰って、セシアは項垂れたまま近くの水場へと向かっていった。

この小さな訓練場はマーカスが個人的に訓練をする時に使う場所で、他の者は基本的に立ち入り禁止らしい。

フェリクスなどは今も騎士団の訓練に参加させてもらっているようだし、レインやキースも独自の訓練方法や場所があるのだとか。

彼らに少しでも追いつきたくて、セシアは最近気が逸り気味だった。

ロバートは、使った道具を軽く手入れして所定の位置に片付ける。

彼からすれば新兵の相手をしているようなもので、引退後のちょうどいい運動になっていた。

セシアは熱心だし、飲み込みも早い。

別業務をこなしながら一年でここまで成長したならば、十分な成果だと思うし、彼女自身にもそう告げてはいるのだが、ついキースやマーカスといった格上の存在と比べてしまうのだろう。

その焦りがいい方向に作用すれば更に成長の材料になるので、ロバートはセシアに過剰に言葉を掛けることは控えていた。

ただ頑張りすぎると体を痛めるので、そこは気をつけて観察していたが。

ロバートがそんなことをつらつらと考えていると、訓練場にマーカスが現れた。

王子然とした略式の装束を纏っているところを見ると、他国からの使節に会っていたのだろう。わざわざ時間を見つけて城の隅のこの訓練場まで来るだなんて、随分とセシアを気にかけているものだ。

「ロバート卿、邪魔して悪い」

「いいえ、今日はもう終わったところです。殿下こそ、こんなところまでご視察ですか？」

ニヤニヤとロバートが笑うと、マーカスは不貞腐れるように顔を顰める。

「意地悪を言うな。最近忙しくてセシアの稽古を見てやれてないから、気になっただけだ」

「おや。それだけですか？」

そう言われて、マーカスはジロリとロバートを睨んだ。

「オッサン、ニヤニヤすんなよ」

「せいぜい上手く隠すんだな、小僧」

幼い頃からの師だ、さすがのマーカスも旗色が悪い。

「セシアはどうだ？　武器を扱わせるのはまだ早いかと心配だったんだが」

聞くと、ロバートは楽しそうに笑う。

「過保護なことだ。……あの子は筋がいいな、吸収も速いし貪欲だ。あれは騎士団に入れてもいい線いくぞ」

「うちの課員だ、やらんぞ」

マーカスが意外なほど強い口調で言うと、ロバートはまた笑った。

セシアが失恋した後ならば、騎士団にスカウトしてみるのもいいかもしれない、と内心でロバートは考える。

マーカスに対する恋情を、セシアは当然他人にはバレないように気をつけているようだが、この訓練場では比較的ガードが緩んでいるし、戦っている時は感情が剝き出しになっているせいか、マーカスに対する尊敬、そしてその更に奥に抱く恋情を隠しきれていない。まさに恋をする乙女さながらの表情でマーカスのことを語るセシアが、ロバートは微笑ましかった。

彼には息子が三人いて、その三人ともが騎士団に入っている。親として不足は感じていないが、娘がいたらこんな感じだろうか、とは思うのだ。

努力家な点も好ましく、ロバートにとってはセシアという孫弟子は可愛くて仕方がない。

そしてどうやらセシアの気持ちには気付いていないものの、マーカスもセシアに対して恋情を抱いているらしいことを、ロバートは喜びを持って感じていた。

障害の多い恋かもしれないが、憎たらしくも敬愛する弟子と、娘のように可愛い孫弟子の恋路だ、老兵ぐらいは応援してやりたい。

「選ぶのはセシアじゃないか？」

ロバートがそう言ったところで、水場からセシアが戻ってきた。

「ロバート卿、片付けまでしていただいて申し訳ありません……！」

訓練場が片付いていることを見て駆け寄ってきたところで、彼女がマーカスの存在に気付き驚いて足を止める。

「……殿下」

さっ、と臣下の礼を執ったセシアのつむじを眺めて、マーカスが僅かに微笑む。

二人を交互に見遣ったロバートは肩を竦めた。

「セシア、私は先に出るが、お前はクールダウンしてから戻りなさい。マーカス殿下、この子が無茶をしないように見張っておいてくださいますかな」

「ロバート卿！　無茶などしません、殿下のお時間を割いていただくわけには……」

「承知した」

セシアが慌てて言い募ろうとするが、マーカスが先に返事をしてしまったので言葉が宙に浮いてしまった。

簡単に挨拶をして、ロバートは本当に訓練場を出ていってしまう。後に残されたセシアは、居心地悪い気分で地面に視線を落とした。

仕事や訓練に没頭している時は心の隅に凝(ここ)っている感情が、マーカスに会った途端に大きく膨らんでしまう。

何度も考えたことだが、マーカスに恋をしたところでどうなるものでもないのだ。

彼はあのジュリエットと結婚することがもう決まっているし、そうでなかったとしてもド平民のセシアでは万が一にも恋が成就(じょうじゅ)する機会など来ない。

自覚のない頃ならば、もっとフラットな気持ちでマーカスと話が出来ていたが、今は少し気まずい。

「……そういえば、お前まだ褒賞の屋敷を決めていないだろう」

「あ」

「忘れてたのか……クリスが手続きを進められない、と困っていたぞ」

「だって、家って平民の住む二部屋とかの家だと思ってたんですよ……庭とかちょっとあったら嬉しいな、ぐらいの……あれは家じゃないです、お屋敷です」

セシアは困った表情を浮かべてマーカスに言った。

クリスがピックアップしてくれた、現在王家が様々な理由で所有している王都の屋敷は、どれも元は貴族が住んでいたものばかりで、一番小さなものでも二階建てで、四人家族が悠々と暮らせるほどの大きさだった。

セシアには過ぎたものだ。

「あんなの貰っても困ります……」

「王女を助けた褒賞に、共同住宅の一室をやるわけにもいかんだろう……」

マーカスは首を捻る。使わないのならば、一度受け取った後に売買の手続きまでクリスに任せられることを告げると、ようやくセシアは選ぼうという姿勢を見せ始めた。

「もう一年近く経つからな、早く決めろよ」

「うう……押しつけてくるのも間違ってると思います」

「褒賞といえば、後がつかえているぞ。アクトン侯爵が是非お前に礼をしたいと、頻繁に申請が来るんだ」

「あくとんこうしゃく?」

ぽつりと呟いたセシアに、マーカスは呆れた表情を浮かべる。

「まさか忘れてるのか? お前の浅慮で結果的に助かった、アクトン侯爵令嬢エイミー・ラングドン嬢の親だよ」

「忘れてませんよ! 失礼な! ……そうじゃなくて、侯爵にお礼をされるほどのことをしたかな、って不思議だっただけです」

　慌ててセシアが反論すると、どうだか、と疑うように彼はセシアの瞳を覗き込む。そういう仕草は、やめてほしい。

「侯爵は奥方に先立たれてから、末娘のエミリー嬢を溺愛していたんだ。それこそ我儘放題に甘やかして、社交界で評判が悪くなってしまうぐらいにな」

　確かに、以前潜入先の夜会で聞いたエイミーの噂はあまり芳しくなかった。それでも第二王子の婚約者候補だったというのだから、確かにアクトン侯爵は娘を溺愛し、なんとしてでも彼女の地位を押し上げてやりたかったようだ。

「先の一件以来、エイミー嬢は薬を抜くために療養院に入っているし、アクトン侯爵もそろそろ長男に家督を譲って、娘のいる院の近くに移り住む予定なんだと」

「……エイミー様の容体は？」

「あまりよくないな。麻薬を無理矢理摂取させられていたせいだろう。……だが国としても最大限治療を援助している」

　楽観視出来ないマーカスの言葉に、セシアは顔を伏せた。あの時、もっと早く踏み込んでいれば。

　過去に戻ることはないし、そもそもあのタイミングよりも早くエイミーを助ける機会なんてなかったというのに、セシアはついつい考えてしまうのだ。

こうした後悔の積み重ねが、彼女を訓練へと駆り立てる。あの場にいたのがマーカスなら、きっともっといい方向に事態は動いていたはずだ。

マーカスになることは不可能だが、彼の半分でもその更に半分でもいいから、出来ることを増やしたかった。

「おい」

ぺちん、と額を叩かれて、セシアはハッと顔を上げた。マーカスは僅かに苦く笑う。

「あのまま一旦引いていたら、エイミー嬢は今頃どうなっていたか分からん。少なくとも、今より悪い状況になっていたはずだ」

マーカスの言葉は、大海を寄る辺なく漂う小舟のようなセシアの心に、そっと道を示してくれる。

「出来なかったことを悔やむのは大切なことだが、出来たことを誇りに思うこともまた、大切なことだぞ」

「はい……」

「それがいつか、お前を支える礎になるんだからな」

ぽん、と頭を撫でられて、セシアは自分はまだまだだ、と感じる。

マーカスはきっと、セシアよりももっと悔しい気持ちを味わってきたのだろう。

たった二歳年上なだけなのに、マーカスが焦っているところをセシアは見たことがない。

恋をしているけれど、きっと恋をしていなくても、セシアはマーカスの役に立ちたいと思ったはずだ。

少しすると、セシアは自分の体がクールダウンしてきたのを感じた。

あまり長い時間多忙なマーカスを引き留めても申し訳ないので、そろそろ戻ろうと言うべきかセシアは悩んだ。

考えるまでもなく、勿論すぐに戻ることを告げるべきだ。

しかしジュリエットのメイドとして潜入している間は、経理監査部二課の通常業務はストップ。潜入先に怪しまれないために、課員同士の接触も控えていた。だから、マーカスに会うのも久しぶりなのだ。

相手は王子であり、おいそれと会える存在ではなかったはずなのに、課長として彼が現れる状況に随分と馴染んでしまっていた。

会えないことが寂しく、会えると愛しく感じるまでになってしまって、いた。

「ジュリエット殿下はどうだ？」

そこで唐突にマーカスに訊ねられて、セシアは咄嗟に眉を顰めた。その反応で大体のことを察した彼は、肩を竦めて苦笑する。

「嫌なところに配属して悪い。あの人のところにマリアが潜入するわけにもいかなくてな」

それはそうだろう。マリアは、マーカスと近くで接したことがない者相手だからこそ通用する変装であって、マーカスのことをある程度知っている者にとっては、似すぎていて怪しくて仕方がない。

「……そう仰るということは、あの方の本性をご存じということですか？」

セシアが思わず怖い顔をして言うと、マーカスは申し訳なさそうに眉を下げた。

「知っている。ジュリエットは一応隠してはいるが、別に露見したとしてもさして気にはしないだろうな」

「……え、それってどうなんですか……」

「彼女はエメロードと国家間で取引のあるグウィルトの王女で、こちらに嫁いでくるのは政治のためだ。人となりなど関係ない、というのが互いの国の本音だ。俺との間に愛情がないことを隠そうともしていないし、そもそも使用人に癇癪を起こしたところでなんの問題があるのか、と思っているさ」

それを聞いて、セシアはハッキリと顔を顰めた。

「シンプルに性格が悪いですね」

「同感だ」

「でも、中身は関係ない、と」

「残念ながら」

マーカスはやれやれと頷く。

「商売人としては優秀な人だよ、王女にしておくのは勿体ないぐらいの。今は各国の賓客が来ているので最低限の猫を被ってはいるのだろうけれど、嫁いできた後が怖いのは確かだ」

「……それでもあの人と結婚するんですか？」

セシアが思わず言うと、マーカスはこちらを見た。

出過ぎたことを言ってしまった、とハッとしてセシアは口元を手で覆う。そんな彼女を見て、マーカスはまた目を細めて微笑んだ。

「結婚する。グウィルトの国土である運河の通航条件の改善は、海運が主産業のエメロードには最優先事項。俺の妻の座と、多少の我儘で済むのならば安いものだ」

この男はいつもこうだ、とセシアは気付かれないように心の中で彼を罵る。すぐに自分を最大限有効に使おうとする。

久しぶりに、マーカスを殴りたくて仕方がない気分になった。

グウィルトは、隣国とは呼んではいるが実際には海を隔てた向こうの国だ。エメロードとは違って国境のほとんどが山を走っていて海に面した箇所は少ないが、更に向こうの国へ海路で行くための重要な運河を有しているのだ。

勿論迂回していくことは可能だが、コストも時間も倍以上かかる。当然その立地をグウィルト側が利用しないわけはなく、年々掛かる関税が上がっていた。

今回のマーカスとジュリエットの婚姻は、エメロード側の海運権の一部とグウィルト側の運河の渡航料の緩和を条件に折り合いをつけるための、文字通りの政略結婚だった。

「婚姻を結びエメロードの王族になれば、使用人への我儘は減らすように命じることが出来る。今はグウィルトの王女なので命令は出来ないが……目に余るようならば教えてくれ、婚約者として出来る限り注意しよう」

途端、申し訳なさそうに言うものだから性質(たち)が悪い。セシアはフン、と強がってみせた。

「……あの程度の癇癪、イジメられっ子歴の長い私にとっては大したことはないですけどね」

「前から思っていたが、その生意気な態度が嗜虐心(しぎゃくしん)を煽るんじゃないか？」

「よーし、訓練に見せかけて一発殴らせてください」

セシアは拳を握って、この妙に湿っぽい空気を打破することに努めた。それを聞いて、マーカスは快活に笑う。

セシアにしても、マーカスにしても。この時間が貴重であるというのが本音だった。


夜。

なんだかんだでようやく一日が終わりに近づき、セシアが雑用メイドとしてジュリエットのそばに侍(はべ)る今日の時間が終わろうとしていた。

他のメイド達と共に部屋の隅で水や湯を準備しながら、鏡台の前に座るジュリエットの髪を侍女が梳いているのをセシアはチラリと眺める。この後ジュリエットは入浴するので、その準備をしているのだ。

櫛を手にジュリエットの金の髪を梳いているのは、ロザリーだ。

ジュリエットの連れてきた侍女はほんの些細な雑用もしないどころか、エメロード側が寄越したメイド達に自分達の世話もさせる始末だ。主人が主人ならば、使用人も使用人。揃って評判は悪い。

そんなグウィルトの侍女達がニヤニヤと笑っているのに気付いて、セシアは不思議に思う。主人に嫌なところばかりそっくりなグウィルトの侍女達は、主人の権力を笠に着てエメロード側の侍女やメイドに偉そうに振る舞っていて、ジュリエットもそれを容認していた。けれど今この時、なにか彼女達の嗜虐心を唆るような出来事があっただろうか。

気をつけて見ていると、ロザリーの持つ櫛がジュリエットの髪に引っかかる。ぴん、と伸びた金の髪に、ジュリエットは怒鳴り声を上げた。

「痛いわね！　お前、髪を梳くことも出来ないの⁉」

「申し訳ありません！」

ロザリーはすぐに謝ったが、ジュリエットはなにがそんなに腹が立つのか、ロザリーの手を弾き彼女の体を押して床に転ばせる。

「きゃ⁉」

そんな乱暴な扱いは受けたことがないのだろう。ロザリーは驚いて目を丸くし、恐怖の表情を浮かべた。

「本当に、エメロードの使用人は使えない者が多いわね。お前といい、あの女といい」

ひょっとして私のことかしら、などと呑気に考えつつ、セシアは落ちて転がってきた櫛を拾う。見るとそれには細工がしてあって、髪に引っかかるように出来ていた。

こんな小細工をしてまでロザリーを陥れようとするなんて。彼女が優秀でジュリエットに褒められることが多かったのが、どうやらグウィルト側の侍女は気に入らなかったようだ。仕事もせずに嫌がらせに勤しむなんて、給料泥棒め。

比較的役に立つと思っていたロザリーの失敗がジュリエットは大層気に入らず、より激しい癇癪を引き起こしたらしい。期待されていないセシアだったならば、この程度の失敗は恐らく罵倒で済んだだろう。

「ジュリエット様、申し訳ありません……！」

「許されるわけがないわ」

「そうよ、殿下の御髪を傷つけたのよ？」

床に膝をついたまま、ロザリーは許しを乞う。しかしグウィルト側の侍女がここぞとばかりに言い募る。

部下がそんなふうに言うものだから、ジュリエットとしてもキツい罰を与えて面目を保つ必要が出てきてしまった。なんという悪循環だろう、髪に櫛が引っかかっただけだというのに。

「そうね。賓客であるわたくしの髪を傷つけたのだもの。鞭打ちぐらいの罰が相当かしら」

ひゅっ、とセシアは悲鳴にならない声を上げる。

幸い誰にも聞き咎められなかったが、あまりのことに信じられない思いで彼女達を見た。

こんな些細なことで、人を鞭で打とうと言うのか。やりすぎである。

セシアが細工された櫛を見せたとて、グウィルト側の者は誰もこれを認めないだろう。

「ど、どうかお許しください……」

まっ青になって平身低頭の体で謝罪するロザリーに、セシアは思わず湯の温度を調節するために準備していた水の桶を掴んだ。

浅慮はするな、と脳内でレインが渋い顔をしているが、今ここでクビになったとしても、この展開を見て見ぬフリをするよりはマシだと思った。

まったく、自分はどれほど訓練しても根っこは変わらない、とセシアは内心で自分に呆れる。

一応、クビにならないための考えがあるのが、以前よりは成長した点だろうか。

桶の縁をしっかりと掴んだセシアは、綺麗な一投で中身の水をロザリーにぶっ掛けた。

「!?」

「きゃあっ！」

ばしゃんっ、と水を掛けられたロザリーは驚いて硬直し、床に座り込んだまま呆然とセシアを見上げてきた。
魔法を使って、ジュリエットやグウィルトの侍女には一滴も水が掛からないように操作した
セシアは、桶を片手に素早くロザリーに目配せをする。
こんな時だけ素早く動いていた給料泥棒の侍女が既に乗馬用のやけにデコラティブな鞭を
持ってきていて、それを手にしたジュリエットは水浸しの床とロザリーを見て、さすがに驚く。
「ちょっと、なにするのよ、馬鹿メイド！」
それでも、すぐに彼女はセシアを怒鳴りつけた。
もはやお馴染みの罵声を受けて、セシアはさっ、と礼を執る。
「申し訳ありません、ジュリエット様。風邪を召されてはいけません、ちょうど湯の用意も整
いましたのでどうぞ風呂場にご案内します」
「水なんて掛かってないわよ。わたくしが言っているのは、なにを馬鹿なことをしているの馬
鹿、ということよ」
イライラとジュリエットが鞭をしならせる。
あんなもので人を叩こうとするなんて、過ぎた暴力以外のなにものでもない。家畜のように
人を扱うことも、セシアは絶対に許せなかった。
「申し訳ありません。ロザリーがジュリエット様に無礼を働きましたので、反省を促すために
水を掛けました」

「……お前、頭がおかしいのではなくて？」

ジュリエットは眉を寄せる。

お前にだけは言われたくない、と思いつつ、セシアは頭を下げたまま言葉を重ねた。

「ロザリーはエメロードの侍女。ジュリエット様のお手を煩(わずら)わせるより、エメロード側の私が速やかに罰を与えるべきだと判断しました」

目には目を、歯には歯を。非常識には非常識を。

セシアはジュリエット達による行きすぎた罰が下されるよりも先にロザリーに水を掛けることで、彼女達よりももっと突飛な行動をする人間だということを見せつけたのだ。

高級な絨毯の敷かれた貴賓室は水でびしょびしょ。ロザリーは水を浴びてぐっしょりと濡れている。

セシアのそばにはまだ水の入った桶がいくつかあり、これ以上部屋を水浸しにされても煩わしい、とジュリエットは考えたようだ。

セシアのような頭のおかしな女には理屈が通用しないだろう、とも。

「……いいでしょう。ロザリー、反省したのならば二度とわたくしの体を傷つけないことね。次はお前の命で贖(あがな)わせるわ」

「は、はい。申し訳ありませんでした……」

春先とはいえ、まだ水を被るには寒い時期だ。ロザリーは恐怖と寒さに震えて、頭を下げた。

そのみすぼらしい姿に留飲を下げたジュリエットは、部屋自体が冷えてしまったので急いで風呂場に向かう。

「セシア！　勝手なことをした罰は後で追って沙汰するわ。今はこの部屋をわたくしがお風呂から上がる前に元に戻しておきなさい！」

最後に勿論、セシアにも罰を与えて。


頭を下げたままのセシアを放って、ジュリエットと他の侍女、そして入浴の世話をするためにメイド達も行ってしまうと、部屋にはセシアとロザリーだけが残った。

「……セシア・カトリン。これはなんの真似なの……」

屈辱と寒さに震えるロザリーの、地を這うような声が零れる。

「なによ、助けてあげたんじゃない。鞭打ちのほうがよかった？」

さっさと顔を上げたセシアは、空の桶を床に置いてまずはロザリーに乾燥魔法をかけた。

「！」

みるみるうちにロザリーからは水分が取り除かれていき、桶には水が溜まっていく。

魔法の調節はこの一年でかなり上達したセシアだ、ロザリーの肌を乾燥させることなく必要な分の水分だけを桶に移した。

仕上げに、冷えた体に保温魔法をかけてやる。これは以前マーカスにかけてもらった魔法で、便利だな、と思ったので自主的に練習して会得した。

「これで元通りでしょ？　あ、ちょっと乾燥気味のようだったから、肌の保湿分だけは水分残しておいてあげたわよ」

セシアはそう言って、呆然とするロザリーの顔を見てニヤリと笑った。

「いつかのお返しよ」

「!!　あなた、やっぱり……ディアーヌ家の……！」

ロザリーはハッとして口を開いたが、セシアはそれを敢えて無視して次の作業に取りかかる。

床に撒いてしまった分の水分を桶に移動させるのだ。なにかしら難癖をつけられるのが目に見えているので、元よりも床はピカピカに、絨毯はふっくらとさせる。

これでもどうせ罰とやらは下されるのだろうけれど、目の前で鞭打ちなど見せられるよりはマシだ。

クビになればメイドとしてジュリエットを近くで見張る任務は遂行出来なくなるが、そうしたら今度はメイドとしてではなくこっそりとジュリエットを監視すればいい。

正直なところ、そちらのほうが楽なのではないか、と最近は思っていたところなのでちょうどよかった。

シャボン玉のような水泡がどんどん絨毯や床から昇ってきて、導かれるように桶の中に入っていく。

我ながら鮮やかな手並みだと苦笑していると、ロザリーが口を開いた。

「……手慣れてるのね」

「そりゃあ、お嬢様ってのは水を掛けてくるのがセオリーだったから。慣れもするわよ」

セシアが言外に、しょっちゅう水を掛けられていたことを示唆したことが分かったのか、ロザリーが苦い顔をする。

「……そうね、鞭打ちよりはマシだったわ。一応お礼を言っておくわね」

「…………それはお礼を言います、という宣言であって、お礼の言葉ではないわねぇ」

セシアはニヤニヤと笑って言う。

彼女は別に聖人君子ではないので、かつてロザリーにイジメられていたことを寛大な心で許した、などということはないのだ。

ジュリエットの仕打ちを見ていられなかったことは事実だが、ロザリーのことを許すのはまた別の話。

「……ありがとう」

「どういたしまして」

悔しそうに礼の言葉を口にしたロザリーに、「勝った！」とばかりについ、いい笑顔を浮かべてしまったのは、仕方のないことだろう。

こうしてようやく、長い一日が終わった。

――わけではなかった。

さすがジュリエットはこういうことには手を抜かないようで、セシアへの罰はきっちりと用意してあった。

とはいえ自身は既に風呂に入り就寝の準備に移ったため、直接手を下されることはなく、その代わりに恐ろしく面倒くさい罰を与えられた。

厨房の皿洗いである。

「……なんで王女様はこんな下働き的な罰を思いつくわけ？　案外庶民派なの？」

セシアはブツブツと言いながら厨房の外の水場に積み上げられた食器を見遣る。

賓客のもてなしで大忙しの城内。厨房も勿論例に洩れず、皿洗いをセシア一人でやらせるように、というジュリエットの越権命令に対して厨房で働く者達は気の毒そうにしつつもとても助かった、と言っていた。

忙しい使用人達の役に立つのならばまあいいか、とセシアは両手を翳す。

賓客に出す食器は全て高価なもの。つまり作りが薄い。本来の洗浄魔法では恐らく割れてしまうだろう。

かつてディアーヌ家の下っ端メイドとしてセシアが働いていた当時は、そのことが理由で魔法では皿洗いが出来なかった。しかし先ほど示したように、魔法の調節に長けた今のセシアは皿もカップもグラスも、纏めて洗うことが出来るようになっていた。

「……思ったよりも簡単に出来るわね。皿洗いは久しぶりだけど、これならすぐに済みそう」

罰として与えられた仕事だというのに、目に見えて自分の成長を感じられてセシアは上機嫌だ。

乾燥魔法といい洗浄魔法といい、かつてセシアが出来なかったことの全てが王城に来てから学んだことで、それを使いこなせるようになっている自分に嬉しくなる。

「……執行官クビになったら、大きな食堂の下働きとかしてもいいかもなぁ」

魔力量が特別多いわけではないので、節約した最小限の魔力で最大限の結果を得られるのは、いかにもド平民のセシアらしい特技だった。


一方ジュリエットは人払いをした寝室で、内通者から受け取った情報の書かれた紙片に目を通していた。

マーカスの睨んだ通り、ジュリエットはエメロードで活動していたいくつかの犯罪組織の頭だった。

それぞれの組織に頭目として人員を配置してはいるが、大きな方向性を決めるのも資金援助をしているのも彼女だったのだ。

それらはジュリエットにとっては他国を舞台にしたビジネスであり、方法が非合法、犯罪である、というだけだった。

だって、自国の民を傷つけているわけではないし、他国の法でグウィルトの王女であるジュリエットを裁くことは出来ない、というのが彼女の言い分だ。

エメロードを標的にしているのは、隣国であることと、ある程度国力を弱らせたほうが〝本来の目的〟を達成しやすいからだった。

そうして順調だった計画だが、なぜかここ一年ほどはジュリエットの差配したいくつかの組織が次々にエメロード国内で摘発を受けていて、妙に思っていたのだ。

内通者のおかげでギリギリのところでジュリエットの子飼いの部下は無事逃げおおせていたが、それにしても手際がよく、エメロードにも使える人材がいるものだ、と感心すらしていた。

その邪魔者の正体が知りたくて、何度かこの城内で内通者とすれ違い情報の書かれた紙片を受け取った中で知った内容に、ジュリエットは驚いた。

次々にジュリエットの邪魔をしていたのは、マーカス第二王子率いる、経理監査部二課という大人しそうな名前の部署。

いかにも文官らしい者の揃っていそうな名前だが、実際は元騎士や傭兵、はたまた魔法使いなどで構成されている少数精鋭の実行部隊なのだとか。

しかも、生意気なメイドだと思っていたセシアもその執行官の一人。つまり、ジュリエットはエメロードに来た時からずっとマーカスの手の者に監視されていたのだ。

慎重を期して、すれ違う際に紙片のやり取りをすることに決めておいてよかった。さすがに何年もエメロード王城に潜伏させていた内通者と直接言葉を交わすのは危険だろう。

「それにしても、セシア……！　あの生意気な女、もっと痛めつけてやればよかったわ」

今回ジュリエットがグウィルト国王の名代としてエメロードを訪問したのは、実はその内通者が裏切っていないかの確認も兼ねていたのだ。

近頃、次々に摘発される犯罪組織。ギリギリのところで部下は逃げることが出来ているが、組織自体は壊滅状態と言ってもいいほどの被害を受けた。

本来ならば、もっと早いタイミングで情報を出すことは可能だったのではないか、内通者がエメロード側に取り込まれたせいではないか、と疑ってジュリエットは直接この国まで来たのだ。

結果、内通者は裏切ってはいなかったが大きな障害が出来ていて、そのせいで計画が上手く進んでいなかった。

マーカスは、ジュリエットの計画の重要な駒。愚鈍なぐらいがちょうどいいと思っていたが、あの気楽そうな笑顔の男は意外と切れ者のようだ。

「仕方ないわね……少し計画を変更せざるを得ないわ」

口調は残念そうでありながら、ジュリエットの唇は弧を描いている。

セシア。

計画達成のついでに、ジュリエットにとってなにかと邪魔だったあのメイドを陥れることが出来る名案が浮かんで、彼女は上機嫌だった。


更に同じ頃、経理監査部二課も組織の黒幕としてのジュリエットに近づきつつあった。

セシア以外の二課の面々は男性で、彼女のように調査対象に密着して監視することが難しい。けれど幸い、近頃警備部に手柄をたくさん上納し貸しを作っておいたため、厳戒態勢の警備のついでにジュリエット以外の対象をそれとなく見張ってもらうように依頼することが出来た。

真面目にメイドとしてジュリエットにイジメられているセシアは知らなかったが、そのような経緯で二課の面々は監視業務よりも方々での調査に時間を割いていたのだ。

結果、犯罪組織の利益がグウィルトに流れているという情報が手に入り、その組織の黒幕がジュリエットである可能性が濃厚になった。

自国でも手広く商売を行っているジュリエットには、犯罪組織を運用するノウハウがあるとも言える。加えて大掛かりな組織であるため、グウィルト王家もジュリエットがなにをしているのか知りつつも黙認している可能性が浮上する。

「……それってもう、国家間の問題になりませんか？」

ロイが難しい顔をして言った。

経理監査部二課は現在、人手不足の場所に人員を派遣している体をとっているため、職場である二課室には極力立ち入らないようにしている。

深夜といっても差し支えのないこの時間にセシア以外の面々が集まっている現状のほうが怪しいのだが、他に時間の合う時もなく、仕方なくこうして集まっていた。

「そうだな」

マーカスが無表情で頷く。

快活な笑顔の似合う第二王子だが、セシアやロイ、フェリクスといった新人達には意外なことに、こういった話し合いの時には冷たい表情を浮かべていることが多い。

時間外労働なので帰るように言っても絶対についてくる彼の執事、クリスからすればむしろ見慣れた表情だ。

国を表から守るのが国王や王太子であるとしたら、マーカスは裏から国を守っている。

ともすれば王子の道楽にでも見えそうなこの経理監査部二課の活動だが、権力と判断力をあわせ持つマーカスが運用することによって犯罪を未然に防いでいる場合も多い。

国王として国を支えていくことも、王女のように他国や結びつきを強くしたい貴族に嫁いで国に貢献することも出来ない。ならばせめて、王子に生まれたからには自分なりの方法で国を支えたいというある種、愚直な望みがマーカスを突き動かしているのだ。

既に十分国に貢献していると言われても、なまじ才能があり器用なマーカスはまだまだ出来ることがあるはずだと、自分を追い込み高めていく。

「だが国賓ゆえ決定的な証拠のない現状では、拘束することは出来ない」

マーカスの言葉に、レインが悔しそうに頷いた。

「そうですね。せめて内通者が分かれば話も変わってくるのですが……」

「セシアから報告は？」

キースが問うと、報告書を確認していたフェリクスが首を横に振る。

「……ジュリエット王女に嫌われているらしく、苦戦しているようです。王女の気持ちも分からなくはないですけどね。あいつ、なんかすごく生意気なんで……」

自分もかつてセシアを生意気だと罵ったことのあるフェリクスは、申し訳なさそうに頭を垂れた。それにしても、調査対象に反感を抱かれて遠ざけられていては潜入調査員失格だ。

「……魔法や体術よりも、接客でも学ばせる必要がありましたかね」

ポリポリとキースが頬を掻いて言うと、マーカスは頭痛の種を探すようにこめかみを指で押した。

「……以降の課題としよう」

とはいえ。

セシアがジュリエットに嫌われ遠ざけられていたとしても、それらしい人物に会っていればさすがに目につくはずだ。

セシアにも警備の者にも見咎められていないということは、内通者は主だった役職に就いている者ではないのだろうか？

だがある程度の情報を自由に知り得る立場の者でなければ、ジュリエットに情報を横流しすることは不可能だ。

内通者は一体誰なのか？

これほどの厳戒態勢にあって、その疑問がいつまでも解けない。

引き続きジュリエットを集中的に警戒することが決まり、その夜の会議は終わった。


数日後。

メイヴィスはジュリエットと、王太子妃であるイーディスの三人でお茶会を楽しんでいた。

数カ月後にはマーカスに輿入れし、エメロード王室に仲間入りするジュリエットは、その準備や友好を築きたいからという理由で、他の来賓よりもエメロード王族に接する機会が多い。

王族だけが使うことを許されている最上階のサロンは、大きく張り出したバルコニーから向こうの森や山が見えて、春先特有の新緑の香りが遠いここまで漂ってくる。

天気のいい日は小鳥なども飛来してきて、メイヴィスはそれを窓の内側からこっそり観察するのが大好きだ。

元は参加するはずだった、側妃であるメイヴィスの母が急な公務で時間が取れなかったため、ジュリエットとのお茶会を欠席すると聞いた時はちょっと怯んだが、長兄の妻である王太子妃イーディスがいてくれて本当によかった、とメイヴィスは思っていた。

数カ月後には義姉となる、グウィルトの第二王女ジュリエット。常に公平であれと育てられたメイヴィスだったが、実はどうしても彼女が苦手だった。

最初は大好きな兄、マーカスと結婚する相手だから子供じみた嫉妬を抱いているのだと思い、自身を叱っていた。

けれど、どうやら違ったらしい。

例えば、メイヴィスは兄の部下であるセシアのことが大好きだ。

繰り返すが公平であれと育てられたのだから、国民の一人に必要以上に肩入れするのはよくないと思って精一杯律してみてはいるが、それでも溢れるほどに慕わしい。

セシアはなぜか自分のことをいかにも平凡な人間だと思っているようだが、姿も心もとても美しい女性だ。それに王女であるメイヴィスに遜（へりくだ）ったり媚びたりしないし、それでいて一人の人間として尊重し、接してくれる存在は貴重だ。

少し王女に対する扱いが雑ではないだろうかとは思うが、その接し方に含みを感じず、セシア自身の素直な気持ちだけが伝わるのも心地よい。

友達、というものに近いのではないか、と密かにメイヴィスは考えているのだが、まだ誰にも打ち明けていない。

そして彼女がジュリエットに対して持つ苦手意識が、兄を取られてしまうという嫉妬感情からではないと分かったのも、セシアのおかげだった。

兄は——マーカスは、セシアのことが好きだ。彼のことが大好きで、いつも見ていた妹だから分かる。マーカスはセシアを、女性として愛している。

隠し事の得意なマーカスだが、メイヴィスには比較的心のガードを緩めている。そんな彼が、セシアの話をする時だけは全く違うのだ。

まさにメイヴィスの目指す公平な王族、模範的な王子様であるマーカスは、部下のいいところも悪いところもいつも楽しそうに話してくれる。

メイヴィスに話してもいい範囲なのだろう、誰々がどんなヘマをしただとか、その代わり素晴らしい功績を上げただとかを、とても楽しそうに活き活きと説明してくれるのだ。

かの王子の下で働く者は、尊敬出来る上司でさぞ幸せなことだろう、なんてメイヴィスが身内贔屓(びいき)全開で思ってしまうほどに。

しかし、セシアの話をする時だけ、マーカスはとても歯切れが悪い。

「あれは無茶をしすぎるから、本当に困る」

弱りきった声。

心配、というよりは彼女の無茶に苛立っているかのような響き。少しの怒り。

他の部下には、マーカスはそんな言い方はしない。適切なアドバイスをして、時には一緒に悩んで、そして本人にとって一番いい方法を見つけてくれる。

セシアに対してだけ、自分の思い通りにならないことに苛立つのだ。セシアにとっていいやり方、ではなく、マーカスにとってセシアにそうであって欲しい、と願うこと。

公平なマーカスが唯一、セシアにだけは自分のエゴを押しつけたがっているのだ。

それは恋にほかならない、とメイヴィスは思う。

それに気付いた時、彼女はとても嬉しかった。

大好きな兄と、大好きなセシア。二人が恋仲になってくれたら。少しだけ寂しいけれど、それよりももっともっと、嬉しい。

セシアのほうもよくよく観察してみれば、マーカスに対して芽生えたばかりの恋情に四苦八苦している様子が見て取れて、メイヴィスは歓声を上げそうになったものだ。

なのに、二人とも己の立場や状況を鑑みてはじめからこの恋が成就することはないのだと、決めつけてしまっている。

そうかもしれない、いやきっと、それが正しい対処なのだろう。

恋が育てば育つほど、実ることのないそれは二人を苦しめる。

でも、メイヴィスは二人に抗(あらが)ってほしかった。

マーカスは王子であり他国の王女と婚約している身で、メイヴィスは悪いことだと分かっているのについ、セシアとの恋を応援してしまう。

これはメイヴィスの我儘だけれど、大好きな二人に幸せになってほしかったのだ。そのための協力は、彼女は惜しまないつもりでいる。

我欲を抑えて国に尽くしている兄と、自分に価値がないと思い込んでいる友達。

二人が望んだことが叶うといいのに、というのがメイヴィスの願いだった。

つまりメイヴィスはマーカスを誰かに取られることが嫌だったのではなく、ジュリエット個人が非常に苦手なのだ。

なぜ苦手なのか、と聞かれると言語化が難しい。

少し気が強いけれど、ジュリエットはメイヴィスに対してとても親切だし、「結婚してエメロードに来た際には分からないことばかりだろうからどうか助けて欲しい」と言ってきてくれるほど友好的だ。

最初はぎこちなくても、徐々に打ち解けてそれらしい義姉妹になっていくのだろう、とメイヴィスも最初は思っていた。

しかし、違うのだ。

これは彼女のただの直感なので根拠はないのだが、ジュリエットは、本当はメイヴィスと親しくするつもりも、エメロードに馴染むつもりもないのだ。きっと。

そしてそれを周囲には、巧妙に隠している。

単純にメイヴィスがジュリエットと合わないだけ、という可能性も勿論あるので、誰かに言ったことはなかった。

けれどどうしても、なにか隠されている、そしてこの人はメイヴィスのことを全く視界には入れていない、と感じてしまい、ジュリエットのことが苦手なのだ。

「メイヴィス様」

そこで、当のジュリエットに声をかけられて、メイヴィスはにこりと微笑む。

「こちらのお菓子、とても美味しいですわ。どこかのお店のものですの？」

城の厨房で作ったものではなく、カラフルな紙で包装されている焼き菓子を手にジュリエットがそう言って微笑む。

メイヴィスは頷いて、両手を握り合わせた。

「ええ、そちらはお気に入りの城下のお店で買い求めたものですわ。時折頼んで買ってきてもらうのですけれど、ケーキも絶品なのです」

セシアと最初に行った、あの喫茶店のことだ。

店先で騒ぎが起きてしまったし、誘拐されたせいでメイヴィスの周囲には更に厳重な警備が敷かれるようになり、店に行こうものならばどれほど迷惑がかかるか分からないため、あれ以降彼女自身は店には行けていなかった。

けれどアニタやマーカス、時々セシアもあの店のお菓子をお土産に買ってきてくれるので、王女の身の上でありながらメイヴィスはあの店の新作菓子にはちょっと詳しい。

今回はその中から特に美味しかったお菓子を、この茶会のために用意させた。

苦手意識はあるものの、仲良くしていきたいという姿勢のジュリエットに喜んでもらえて、メイヴィスは素直に嬉しい。

「まぁ、メイヴィス様が自ら城下に？」

「あ、いいえ。侍女に買ってきてもらいました」

「そうでしたの。あんなことがあった後ですもの、お気をつけてくださいね」

ジュリエットが優しく、メイヴィスの肩を撫でる。

まるで親しい姉妹のような仕草だったが、メイヴィスには違和感があった。

その正体に思い当たる前に、サロンの扉がノックされ、誰何(すいか)の後に護衛が扉を開く。

「まぁ、マーカス様」

イーディスが驚いたように、だがおっとりと声を上げた。

部屋に入ってきたのはマーカスで、驚いたことに腕には泣き叫ぶ赤子、ロナルドを抱いていた。イーディスはすぐにそちらに駆け寄る。

「どうなさったのです？」

「ロナルドが、母君に会いたくて駄々をこねていたようです。あまりに暴れるもので、乳母が難儀していたので僭越(せんえつ)ながら俺が小さな王子様をお連れしました」

くつくつと楽しそうに笑って、マーカスはやんちゃな甥を義姉にそっと渡す。

彼の後ろでおろおろとしていた乳母達は、その姿を見てホッとしている。赤ん坊の力は意外なほど強くて、イーディスのところまで連れていく道中ですら、今にも取り落としそうで難儀していたのだ。

王太子殿下の御子、次々代の王。その御身ゆえに、乳母も優秀な者が複数名選ばれていて、普段はロナルドの我儘にも癇癪にもチームで完璧に対応出来ていたのだが、今日のロナルドはどうしたことか、まるでなにか異常でも察知しているかのように大暴れだった。

難儀しつつも赤子の求めに従い母親であるイーディスの下に連れていこうとするもののとても苦労していたので、通りがかったマーカスがひょい、と雑に甥を抱き上げた時は、正直乳母達は助かった、と思った。

彼は快活に笑いながら、暴れるロナルドをあやし、宥め、けれどしっかりと抱えてここまで連れてきてくれたのだ。

「それは……マーカス様、ご迷惑をおかけしました」

イーディスがロナルドを抱きかかえて礼を言うと、マーカスは楽しそうに笑って首を横に振った。

「俺は忙しくてあまりロナルドと接したことがなかったので、嬉しいひと時でした。男児はやんちゃなぐらいが頼もしいですね」

ロナルドの小さな頭をさらりと撫でると、赤ん坊は先ほどの癇癪などどこ吹く風で母親にべったりとくっついてご機嫌だ。

「ありがとうございます……あら？」

イーディスがロナルドの手首が少し赤くなっているのを見つけて、困ったように眉を寄せる。

「それは、ここに来るまでにロナルドが暴れたせいで自分で壁にぶつけて出来たものです」

マーカスが説明する。後ろで乳母達が震え上がっているところを見ると、マーカスに会う前にぶつけてしまったのだろう。

赤ん坊が自分でしたことでまで乳母を叱るつもりはないイーディスは、すぐに息子に治癒魔法をかけようとした。

「義姉上。子供は代謝が高いので、この程度はすぐに治りますよ。こんなに幼い頃から治癒魔法をかけてしまっては、自己治癒力の活性を阻害する可能性があるので、自然に任せるほうがいいと思います」

「確かに……そうですわね。ありがとうございます、マーカス様」

イーディスは頷いて、義弟に向かって微笑んだ。

マーカスも笑みを返し、そこでふと壁際に他のメイドと共に控えているセシアを一瞥する。

セシアはマーカスが自分をちらと見たのに気付いたが、もちろん表情を変えることはしなかった。今は仕事中だ。ジュリエットはなぜか、この茶会に連れてくるメイドとしてセシアを選んだ。いつもならば他のメイドや、グウィルトから自身が連れてきた者を選ぶのに。

建前としては、エメロード王族の茶会にお呼ばれするのだから、エメロードから派遣されてきた者のほうが勝手が分かっているだろう、などと言っていたが、怪しい。

王族の前で、なにか盛大に恥でもかかせようとしているのだろうか。

だとしても今セシアはジュリエットのメイドなのだから、なにかあって恥をかくのはジュリエットも同じであるはず。

それともトラブルを起こさせて、「こんなメイドをつけるなんて」とでもエメロードに抗議するのだろうか？

セシアは空になっていたカップに紅茶を注ぎ、ジュリエットの前に置く。

この場にいる者で一番身分が低いのはメイドのセシアなので、自然と給仕は彼女の役目になった。本来ならばお茶を注ぐ専用の係がいるもののなのかもしれないが、平民のセシアには分からない。

お茶を一口飲んだジュリエットが、瞳を瞬いた。

セシアの淹れるお茶は不味いだのなんだのと、難癖をつけるつもりだったのだろうか？　お生憎様だ。セシアはそのあたり、第二王女の侍女長であるアニタにみっちり仕込まれている。

魔法や体術と同様に、侍女やメイドとしての仕事も基本を押さえておくことが大事だ。

熟練のメイドならば咄嗟に応用が出来るだろうが、セシアのような付け焼刃の臨時メイドは基本を忠実にこなすことを第一に考えるようにと指導された。

おかげで、なんとか表面上だけは取り繕うことが出来ている。

布巾越しにポットに触れながら、セシアはアニタに教わった基本の動きを反芻した。

近頃はなにを目指しているのか自分でも若干見失い気味なのだが、もしも執行官を辞めた時には、王城で仕官していた経歴と、このメイドとしてのスキルでどこかの屋敷に雇ってもらえないだろうか。食器洗いだって洗濯だって、魔法で人よりも大量かつ時間を短縮してこなすことが出来るし、魔法を応用して薪割りだって出来る。

だって、と彼女は思う。

ちらりとセシアが視線をやった先には、ジュリエットに挨拶をしているマーカスの姿があった。

婚約者なのだから同じ場所に居合わせれば挨拶ぐらいするだろうに、その光景を見るとセシアの胸はムカムカとしてきてしまう。

ジュリエットとマーカスが結婚したら、しょっちゅうこんな光景を見ることになるのかと思うと、心底うんざりする。

セシアは物語のヒロインのように、嫉妬に心を震わせて一人枕を濡らすような性格ではない。

手に入る見込みがあるならば、全力で努力して摑みに行く。しかし、相手が遠すぎる。

どれほど足掻こうと、努力しようと、マーカスとジュリエットが結婚する日は刻一刻と迫ってきていた。

らしくもなく、「見ていたくないから」という理由で撤退してしまいそうだ。

だが、今後どうなろうとも今のセシアは執行官としての仕事中の身だ。

マーカスへの恋は実らずとも、彼の部下としての役目は十全に果たしたかった。


城の最奥でのサロンでの茶会、ということで警護の数は思っていたよりも少ない。給仕する者も最低限だし、この場に王族が五人もいるにしては手薄なように感じる。

もしもジュリエットが犯罪組織の者だったとしても、これほど奥に来るまでには何度も身体検査や持ち物チェックがあったし、エメロード王族に害を為そうとしてもかなり難しいはずだ。

ジュリエットに同行してきたのはセシア、メイヴィスが連れてきたのはアニタだ。

イーディスには侍女が二人、護衛は部屋に三人。勿論部屋の外にはもっといるが、室内にいるのはこれだけ。

乳母達は下がらせてしまったし、マーカスも仕事の合間に立ち寄っただけなのでそろそろ部屋を出ようとしている。

ジュリエットがなにか事を起こそうとしても、この人数ならばセシアと護衛騎士がいれば十分抑え込める計算だ。

「では、俺はこれで失礼します。邪魔しましたね」

「いいえ、ありがとうございます」

マーカスがイーディスと言葉を交わし、退室する。

彼が部屋を出ていった後も、和やかな茶会は続く。

メイヴィスはイーディスの腕の中にいる甥が可愛くて仕方がないらしく、しきりに構っている。

王太子妃がジュリエットにロナルドを抱っこするかと聞いた時、セシアはヒヤリとしたが当のジュリエットが「子供は苦手だし上手く出来ないので」と言って断ったので胸を撫で下ろした。

やがてロナルドがぐずりだした。おしめやミルクの時間になったようだ。

イーディスは普段は乳母に任せているものの母親として一通りの世話は出来るようで、赤ん坊を抱いたまま、すらりと立ち上がる。

「少し中座します。慌ただしくて申し訳ありません、ジュリエット様」

イーディスがそう言って膝を折ると、ジュリエットはにこやかに首を横に振った。

「赤ん坊のことが一番ですもの。どうぞ、慌てずゆっくりお世話してあげてくださいませ」

こんなに親切で感じのいいジュリエットを見るのは初めてで、セシアはこの人は誰、と訝しむ。

まさか、変装魔法でも使って別人が化けているのだろうか。いや、実在の人物そっくりに変装するのは、魔法では難しい。骨格のすべてから似せなくてはならないからで、少し間違うとどこか齟齬が出てきて破綻してしまうのだ。

セシアは自分が変装魔法を扱う立場なので、人の顔をよく観察している。

今目の前に座っているジュリエットは間違いなく、ジュリエット・ラニ・グウィルトその人だと断言出来るが、中身だけ入れ替わってしまったかのように見事に猫を被っている。

気味が悪くて、より一層セシアは警戒を強めた。

イーディスと侍女達が別室に下がる際、ロナルドがメイヴィスの指を離さなかったため、仕方なく彼女も一緒に下がっていった。当然護衛も一緒だ。

そうなると、部屋に残ったのはジュリエットとセシア、そしてアニタだけ。

恐らくアニタは戦闘訓練を受けていないから、なにかあれば大声を出して外の護衛を呼び、加勢してもらうしかない。

メイドとして待機しながら、セシアは内心緊張しつつ待ち時間を過ごす。

と、突然ジュリエットが熱い紅茶の入ったポットを掲げて立ち上がった。

「ジュリエット様？　なにを……」

突然の奇妙な動きに、セシアは呆然として呟く。ジュリエットはセシアを見てニヤリと嫌らしく笑うと、そのポットを自らに向かって振り下ろした。

「!!」

わざと狙いを外したのだろう、ポットはジュリエットに当たることなく彼女のすぐそばの床に振り落とされ、ガシャンッと大きな音を立てて破片を撒き散らした。

そして彼女はおもむろに床に座り込むと、その音に負けないぐらい大きな声で叫んだ。

「きゃあああっ！　セシア！　なにをするの、やめてぇ!!」

「は？」

セシアは驚いて固まった。

ジュリエットがなにを始めたのか、意味が分からなかったのだ。

床に飛び散った陶器と紅茶、そしてそこに座り込んだジュリエット。ドレスの裾に紅茶がじわじわと染みていく。

その広がっていく染みを見て、今他人がこの光景を見ればどう思うのかを考え、セシアは雷に打たれたかのように震えた。

ぱっ、と顔を上げると、向こうの壁際に立つアニタと目が合う。だが、彼女の視線はすぐに逸らされてしまった。

――アニタが、内通者！

セシアが衝撃に心を震わせている瞬間にも、叫び声を聞きつけた護衛達が廊下から飛び込んでくる。

「何事ですか！」

「大丈夫ですか!?」

「助けて！　セシアが……メイドが、わたくしをポットで殴ろうと……!!」

駆けつけた護衛に、ジュリエットは縋って助けを求める。セシアは首を横に振ったが、この状況で他の者の証言なしに信じてもらえないことは明白だった。

「違います！　ジュリエット様は自分でポットを」

「わたくしがそんなことして、なんになるというの!?」

セシアの弁明をかき消すように、ジュリエットの叫び声が響く。

「何事なの!?」

そこで、奥の部屋から侍女と護衛を二人伴ってメイヴィスが姿を現した。しかしすぐに部屋の惨状を見て、顔を顰める。そこにすかざすジュリエットが哀れな声を上げた。

「メイヴィス様！　セシアがわたくしに暴力を！」

「セシアが……？　なにかの間違いでは？　彼女はそんな人じゃないわ」

メイヴィスは翡翠色の瞳を大きく見開いて驚いていたが、すぐにジュリエットの言葉を否定してくれる。

一瞬ホッとしたセシアだったが、メイヴィスのそばにまるで彼女を守るように駆け寄った忠実な侍女長アニタが、信じられないことに首を横に振ったのだ。

「いいえ、殿下。私もセシアがジュリエット様に向かってポットで殴りかかろうとしたのを見ました」

「嘘よ!!　私はなにもやっていません！」

セシアは鋭く叫んだが、アニタは残念そうに首を横に振るばかりだ。そんなアニタの背に庇われながらも、メイヴィスは真実を見極めようと部屋を見渡す。

優秀な魔法使いを連れてきて、過去を見ることの出来る高等魔法を使えば状況を再現出来るかもしれないが、王族専用のサロンであるこの部屋では盗聴などを防ぐためにそういった魔術干渉が出来ないように防御魔法がかけられている。

その大がかりな防御魔法を解いてから過去視の魔法をかけるとなると、時間が経ちすぎて今のこの状況を視ることは不可能だろう。

セシアの凶行をメイヴィスは信じたくなかったが、ジュリエットだけではなくアニタまで証言しているのでは疑いようがない。

メイヴィスは唇を噛んで、この場で最も責任ある立場の者として口を開いた。

「セシア・カトリン。グウィルト王女への不敬行為と暴力行為により、あなたの身を拘束します。……きちんと調べてもらうから、今は大人しくしていて」

メイヴィスの言葉は厳しく、しかし眼差しは真摯だった。別の状況であったならば、セシアはこの要請に従っていただろう。

けれど、今はダメだ。

ジュリエットが犯罪組織の黒幕であるという証拠をまだ経理監査部二課は摑めていないのに、アニタが内通者であることをバラしてまでセシアを陥れたのだ。

つまり、これはジュリエットとアニタによって仕組まれたもの。

このままセシアが拘束されれば、正しく捜査が行われることも真相が明るみに出ることもないだろう。

それどころか、セシアが不利になるような物証が既に用意されているかもしれない。

そこまで考えたセシアは、駆け出していた。

廊下へと続く扉の前には護衛が、奥の部屋に続く扉の前にはメイヴィスとアニタがいる。他に逃げ道として残されているのは、バルコニーに続く大きな窓だけ。

開け放たれたそこから外に出て、セシアはバルコニーの欄干に手をついた。

「セシア!!」

メイヴィスの悲鳴が聞こえる。お姫様には少し刺激の強いものを見せてしまって、本当に申し訳ない。それでもここで捕まることは、セシアだけではなくマーカス達の敗北をも意味していた。

バルコニーは想像よりも高い位置にあり、建物からせり出しているせいで隣室のバルコニーも遠く、飛び移れそうもない。

高さは五階程度。落ちれば死ぬとは限らないけれど、確実に無事ではいられない。木々がクッションになってくれることを期待するのは、希望的観測が過ぎるだろう。

セシアを拘束しようと掛かってくる護衛達を風魔法で牽制しながら、さほど広くもないバルコニーを彼女は逃げ回る。

狙いが外れた魔法はいくつか室内にも入り込み、床を撃ち抜いた。メイヴィスとジュリエットは、アニタや残った護衛に庇われて部屋の奥へと追いやられていく。

そのおかげでようやく動線が開いたのを見て取って、セシアは風魔法とは別の魔法を室内に向かって撃ち込むと、結果を見ることなくすぐに欄干を蹴ってバルコニーから飛び出した。

ふわりと風を受けて、彼女のスカートの裾がはためき、あっという間に皆の視界からセシアが消える。

「セシア!!」

メイヴィスは悲鳴を上げて、その場に膝をついた。

誰もが驚いてバルコニーに向かい、下を確認する。アニタやジュリエットまでもが戻ってきて覗き込んでいるが、メイヴィスにはとても見てなんていられない。

口元を震える手で覆って、更に上がりそうな悲鳴を押し殺す。

セシアがあんなことをするのには、きっとなにか理由があるのだ。確かに彼女は無茶をしがちだが、無鉄砲に見えて自分のしていることをきちんと把握している。弁明もせずに飛び降りるなんて、納得出来ない行動だった。

メイヴィスはなんとか立ち上がろうと床に手をついて、そこであるものに気付いた。

「………これは」

しばらく考えた後、一つ頷いた彼女はそれをドレスの裾の下に隠し、それからすぐそばにあったテーブルに敷かれたクロスの端を握るとぐいっ、と引っ張った。

がしゃん、がしゃん、と立て続けに音がして、テーブルに残っていたカップや皿、お菓子などが一緒に床に落ち、惨状が広がる。

その中で床に座り込んだまま悄然と項垂れる王女に、周囲の者は皆同情的な気持ちになった。

セシアとメイヴィスが親しかったことは先ほどのやり取りで誰もが察していて、目の前で飛び降りを見てしまった箱入りの王女殿下の心情を慮る。

「メイヴィス様、この場は我々が……」

「ひとまずお部屋に戻られたほうが」

アニタや護衛達に支えられて、メイヴィスはそろそろと立ち上がる。

「………そうね、ごめんなさい。わたくしがしっかりしなくてはいけないのに……まずジュリエット様をお部屋までお送りしてちょうだい」

青褪めたまま、メイヴィスは呟いた。

ジュリエットが気づかわしげにこちらを見ていたが、極力感情を出さないように努める。そうしないと、みっともなく泣き叫んでしまいそうだった。

「ジュリエット様、我が国の者がご迷惑をお掛けして申し訳ありません。このことは国王陛下にも報告し、後ほどきちんとお詫びに伺います」

「そんな、メイヴィス様はお気になさらないで。悪いのはセシアなんですから」

メイヴィスはジュリエットの親切な物言いにありがたく頷いて、グウィルトの王女を部屋まで送るように護衛に指示をした。

「王太子妃殿下には私がご説明いたします」

イーディスの侍女がそう言い、アニタはメイヴィスの肩に優しく触れた。

「殿下も一旦部屋に戻って休まれたほうがよろしいかと」

「……そうね。ありがとう」

スカートを摘むフリをして中に隠したものを慎重に持ち上げて、憔悴した様子を装いながらメイヴィスはゆっくりりと部屋を後にした。

2巻に続く

あとがき

はじめまして、林檎（りんご）と申します。

この度は、『ワケあって、変装して学園に潜入しています1』をお手に取ってくださりありがとうございます。

本書は表題の短編から始まり、以降長編としてWEBで連載していたものを改稿した、私の単独書籍デビュー作となります。

生きるのに必死な平民の女の子・セシアと、務めを果たすのに手段を選ばない王子・マーカス。無茶しがちな似た者同士な二人の、恋物語です。

WEB連載当時、たくさんの方に励ましていただいたりお声を掛けていただけたことは、私の宝物の日々です。そして本作を最後までずっと楽しく書けたのは、読んで下さった皆様のおかげです。

リアルタイムでたくさんの感想いただけて、こうしたら楽しんでもらえるかな？　この展開には驚いてもらえるかな？　とプレゼントを用意しているかのようなドキドキワクワクとした高揚と共に書いていていいていました。

幼い頃から読書が趣味で、たくさんの物語に育ててもらった自分が書く側、物語をお届けする側になるという感動と驚きは今だに新鮮に胸に響きっぱなしです。……ビビりなので、ひょっとしたら夢かも？　とまだ若干疑っているぐらいです。いい夢ですね！

本書が無事に皆様のお手元に届き、私が数多（あまた）の物語にワクワクと魅せられたように、ほんの一部でも皆様を夢中に出来ていたらとっても嬉しいです。

セシアの徹底抗戦の日々は、まだまだ続きます。もしよかったら、引き続き読んでいただけるとめちゃくちゃ、嬉しいです！


最後にお世話になった方々に、感謝を伝えさせてください。

ずっと私を優しく導いてくださった、担当編集様。右も左も分からない素人の私の、些細な疑問にも丁寧に答えてくださって、本当に頼もしかったです。ありがとうございます。何もかも、あなたのおかげです。

それから素晴しい表紙や挿絵、キャラデザインを担当してくださった、彩月つかさ先生。元々先生の大ファンだったので、担当していただけることになって、有頂天でした。先生の描いてくださった魅力的なセシアとマーカスに、夢中です。これからも、ずっと。

他にも出版には多くの方にご尽力いただいたと思います、この場をお借りしてお礼を申し上げます。本当にありがとうございます、おかげさまで素敵な本になりました！

そして勿論、読んでくださった皆様。物語は、読んでいただくことで広がっていくと思っています。皆様のおかげで、私はこの場に来れました。

本当に、ありがとうございました！

二〇二三年一月吉日　林檎

この本を読んでのご意見・ご感想・ファンレターをお待ちしております。
〈宛先〉 〒104-8357 東京都中央区京橋3-5-7
（株）主婦と生活社 PASH！ブックス編集部
「林檎先生」係
※本書は「小説家になろう」（https://syosetu.com）に掲載されていたものを、改稿のうえ書籍化したものです。
※この作品はフィクションであり、実在の人物・団体・法律・事件などとは一切関係ありません。

ワケあって、変装して学園に潜入しています1
2023年2月13日 1刷発行

著者	林檎
イラスト	彩月つかさ
編集人	春名 衛
発行人	倉次辰男
発行所	株式会社主婦と生活社 〒104-8357 東京都中央区京橋3-5-7 03-3563-5315（編集） 03-3563-5121（販売） 03-3563-5125（生産） ホームページ https://www.shufu.co.jp
製版所	株式会社二葉企画
印刷所	大日本印刷株式会社
製本所	小泉製本株式会社
デザイン	小菅ひとみ（CoCo.Design）
編集	黒田可菜

©Ringo Printed in JAPAN ISBN978-4-391-15890-8